エースの遺言

久和間拓

JN054464

双葉文庫

目次

エースの遺言

1

闇夜に霧雨《きりさめ》が舞っている。歩の幅が狭まっているのは冬に向かう寒さだけが理由ではないだろう。

地図の示す場所には古びたビルが建っていた。予想以上に慎ましやかな建物だ。

不意に吐き気を催した。一度嘔吐《えず》くとすぐに治まったが気の重さが引くことはなかった。出席者の名前など知りもしないが、顔見知りも多くいるだろう。それに仮に自分が知らなくても相手は自分を知っているはずだ。一体彼らはどんな目で自分を見るのだろうか。

徳重隆《とくしげたかし》は会場であるビルへ重い足を踏み入れた。幸い入口には誰もいなかった。敢えて式典が始まってから到着するように計算したのが功を奏したようだ。入ってすぐのところに各部屋の催しが書かれた黒い案内板があった。そこにそれはあった。

「村瀬浩介《むらせこうすけ》君プロ野球引退記念式典」

そう謳《うた》ってはいるが沓澤《くつざわ》高校野球部関係者だけの身内の会だ。

つい先月のことだ。徳重の教え子である村瀬浩介が二十四年のプロ野球生活に終止符を打った。決して突出した成績を残したわけではないが、村瀬はその朴訥《ぼくとつ》な人柄からファンに愛され、惜しまれながら引退した。この地味な会場はそんな村瀬らしいと言えばそうかもしれない。だが派手に催さないのはそれだけが理由ではないだろう。

今年の夏、徳重はテレビで久々に沓澤高校野球部の名を目にした。二十五年ぶりの甲子園出場決定。近年は私立が台頭し県立の沓澤高校は甲子園から遠ざかっていた。あれから四半世紀が経つのか。時の流れに思いを馳せたのも束の間、追随する言葉に愕然とした。部内暴力による出場辞退、無期限活動停止。レギュラー部員に対する控え部員の暴力だったという。

式典を誰が企画したのか知らないが、大げさに執り行うことは躊躇《ためら》われたのだろう。この不穏な情勢の中、一体どれほどの人間が出席するのだろうか。

徳重自身は元々出席するつもりはなかった。そもそも妻の律子《りつこ》から招待状が来ていると言われた時、自分が招待されたということに驚きを禁じ得なかった。自分は沓澤高校野球部を追放された身だ。これは形式的な招待に違いない。だから即決だった。自分は出るべきではないと——。

本音を言えば出席するのが怖かった。出席すれば嫌でも当時の人間に出くわすだろう。自分を追い込んだ人間たちだ。あれ以降誰一人として顔を合わせておらず、彼らに対する恐れの感情は二十五年経っても尚、心の奥底に残っていた。落ち着いた日常を過ごせている今、そこへ自ら馳せ参じるような真似などするつもりはなかった。

だが村瀬浩介という名に閃《ひらめ》くものがあった。あの男も村瀬のための会なら来るかもしれない。それは淡い期待だった。あいつに、会えるかもしれない。

しかしすぐに思い直した。来るはずがない。

それでも招待状を捨てようとする手が止まった。可能性を拭い去ることができなかった。

これは最後のチャンスかもしれない。

あの男に会って話がしたかった。あの夏の話を――。

どうしても確かめたかった。

徳重は震える手で招待状の「出席」に小さく丸を記した。

2

「僕に投げさせてください」

本橋哲司《もとはしてつじ》は頭を下げるでもなく強い視線で訴えかけてきた。だが徳重の考えはさっき口にした時に固まっていた。

「すまないな本橋。お前の気持ちはよく分かる」

「でしたら投げさせてください」

どこか冷静さを欠いた表情に見えた。この男のこんな姿を見るのは初めてのことだった。だが無理もない。高校球児にとって最高の舞台なのだ。たった二人しか立てない甲子園決勝の先発マウンドだ。しかし指導者としてここは止めなければならない。苦渋の決断だった。

「お願いします。どうか投げさせてください」

徳重は宥《なだ》めるように言った。

「本橋、お前はこれまで何球投げたか分かるか。県予選からだ」

「数えたことはありません」

球数を気にすること自体ナンセンス、そう言わんばかりの即答だった。

「一〇五二球だ」

県予選こそ控えである小室《こむろ》らにマウンドを譲ることもあったが、甲子園に来てからは全試合本橋が一人で守り抜いていた。試合展開次第では継投させることも当然頭にあったが、各都道府県大会を勝ち抜いてきた猛者《もさ》の決戦だ。楽な展開など全くなかった。戦力的に止むを得ない采配だった。

だがそのことが俄《にわか》に世間を騒がせていた。去年のことだ。同じように甲子園で連投した投手が肘を疲労骨折するという事態が発生していた。それは精神論ありきの高校野球の在り方に一石を投じる出来事だった。

昨日の段階ですらかなりの迷いが徳重の胸に去来していた。準決勝まで一人で投げてきた本橋の起用法に対し既に非難の声は上がっていた。

本橋は教え子であるという贔屓目《ひいきめ》を差し引いても、数十年に一人の逸材であることは疑いようもなかった。球威、コントロール、変化球、そして何よりもエースたる威風堂々とした佇まいと、優れた人格を兼ね備えていた。ドラフト一巡目で消える、世間だけでなく徳重も確信していた。

その逸材をここで潰すのか。勝利至上主義。そう糾弾する声は徳重の耳にも入っており、本橋の将来を考えると自分の起用法に自信を持てなくなっていた。

だが勝つためには本橋でなくては駄目だった。確かに準決勝の本橋は疲労のせいか、あらゆる面で本来の姿でないように思われた。それでも二番手の小室以降の投手と比べれば出色の存在であることは疑いようもなかった。ましてや決勝の相手は強打の城之《じょうの》内《うち》だ。本橋を登板させなかった場合、その結果は火を見るよりも明らかだった。

ここまで何のためにやってきたのだ。あと一つ勝てば全てが報われるのだ。

これが最後の決断になる。

今日の朝、あらゆる批判を覚悟し徳重はスタメンのラインナップに本橋の名前を書き込んだのだった。

試合前、スタメンが発表された時に甲子園は大きく揺れた。それが本橋への期待に由来するものなのはスタンドの様子で感じ取れた。城之内は神奈川の強豪私立だ。そこに立ち向かう公立高校の天才投手、いかにも日本人が好む構図だ。だが何と身勝手な連中だろう。外野で騒ぐだけ騒いでおいて、結局は甲子園決勝のマウンドに立つ本橋の姿を求めていたのだ。僅かに憤りを覚えたがそれ以上に徳重は胸を撫で下ろしていた。俺は正しかったのだ、と。

だが回が進むにつれ雲行きが怪しくなってきた。試合は七回に入り終盤を迎えていた。三対三の同点だった。今日も本橋はやはり本調子ではないように思われた。序盤からコントロールが定まらず四球が五個を数えていた。更に疲労の溜まった下半身を狙い澄ましたようにバント攻勢を仕掛けられ、本橋らしくない暴投を二つ記録していた。見ていて痛々しさを覚えたが、それでも何とか試合を作る能力はさすがと言わずにいられなかった。あと三回で決着をつけなければ、そう思う一方で延長戦が頭を過《よぎ》った。

さすがに本橋に投げさせるわけにはいかないかもしれない。仮に本橋に投げさせ優勝したとしたら世間はどういう反応を示すだろう。やはり監督批判か。負けでもしたら尚更かもしれない。誰の目にも本橋の疲労困憊《ひろうこんぱい》は明らかだ。

徳重は開き直った。最早ここまでくれば世間の非難は免れない。それならば本橋が無理と言うまで投げさせてやろう。

そして同点のまま九回を終えた。

延長戦だ。早く決着をつけてくれ。徳重は願った。

十回のマウンドへ向かうため本橋がグラウンドに姿を見せると、スタンドが再び大きく揺れた。

そこからの本橋は圧巻だった。延長戦に入り一段ギアを上げたように見えた。浮きがちだった球が低めに糸を引くように決まっていく。この状況でそれを成し遂げる精神力と体力に敬意を抱かずにいられなかった。だが打線は城之内の継投の前に好機は作るものあと一本が出なかった。

球場が興奮の坩堝《るつぼ》と化していた。いつまでも見ていたい。徳重の中に監督という立場とは別の自分が現れていた。もう投手交代など頭の片隅にもなかった。

そして十八回裏二死、城之内のバッターが空振りをした瞬間、明日の再試合が決定した。

宿へ着くなり自らの双肩に鉛のような重みがのしかかってきた。まさか再びこの決断を迫られるとは。試合中は興奮状態にあったが今はまさに夢から覚めたようだった。

決断の時は刻一刻と迫っている。

徳重はすぐに本橋を部屋へ呼び出した。

「投げ過ぎだ。このままでは壊れる」

「大丈夫です。投げられます」

元々責任感の強い男だ。ましてや日本一を目前にして簡単に引き下がるはずがなかった。

「いいか、本橋」

徳重は本橋の目を見た。

「皆お前に夢を持っているんだ。お前はこれから野球で皆に夢を見せることができる。分かるか？　お前の野球人生はこれからなんだよ」

「それは違います」

「違わない」

これ以上俺を苦しめるな。頑なな本橋につい熱くなった。

「お前は今や日本野球界の至宝なんだ。俺にそれを壊すことなどできるはずないだろ」

本橋は何も言わず睨みつけるような視線をぶつけてきた。珍しく反抗的な態度だった。

徳重はテーブルを拳で殴っていた。

「監督は俺だ。お前が何と言おうと明日はお前には投げさせない。いいか」

「嫌です」

いい加減にしろ。

喉元まで出かけた言葉を押し止《とど》めた。

本橋の目から涙が溢れていたのだ。

「先生お願いです。僕に投げさせてください。お願いします」

遂に本橋が頭を下げた。

「夢なんか持たれても困るんです」

本橋は涙声で訴えた。

「そんな――」

「僕は辞めるんです」

「は？」

「僕は辞めるんです。野球を辞めるんです」

気が動転しているのだ。初めて見る本橋の取り乱した姿だった。

「落ち着け、本橋」

「落ち着いています」

本橋が顔を上げた。徳重に戦慄《せんりつ》が走った。その表情には悲壮感すら漂う決意があった。

「僕は野球を続ける気はありません」

「何を言っている。プロのスカウトが何球団も来ているじゃないか。お前だってプロへ行くって言っていただろ」

本橋に限らず野球部員とは定期的に進路の話し合いをしている。その際、本橋は一度もぶれることなくその意思を伝えてきた。

「変わったんです。僕は野球を続けません。だからこの肩や肘がどうなっても関係ないんです。僕の将来のことなど考えてくださらなくていいんです」

本気で言っているのか、こいつは。その真剣な表情に徳重の気持ちが一瞬揺れた。だが突然の心境の変化はあまりに解《げ》せなかった。

「なぜ辞めるんだ」

まともな理由など答えられるはずがない。興奮しているだけなのだ。

「明日より最高の舞台なんてありませんから」

だが本橋の返答は未練など全く感じさせないものだった。この男は本気で野球を断とうとしている。

徳重は身震いした。理性を失ってしまっているのかもしれない。本橋が野球を辞めるはずがないではないか。

「お前は高校生なのに立派だな」

雰囲気を変えようと徳重は笑いかけた。

「確かに明日は最高の舞台だろう。勝ったら尚更だ。お前が投げればその可能性も高まるに違いない。でもそれはチームのためにはなってもお前のためにはならない。もう少し自分のことを大切にしろ。俺が高校生の頃なんてな、自分のことしか考えていなかったぞ。もう少し楽になれ」

「いえ、僕も自分のことしか考えていません」

「だったら、自分の肩を大事にしなさい。うちには他にもピッチャーはいる。お前と比べちゃ可哀そうだが継投すれば試合にはなるだろう」

「違うんです。僕は野球を辞めるんです。だから最後に投げたいんです。最高の舞台で」

滅茶苦茶な言動にしか思えなかった。

「だからどうして辞めるんだ?」

「どうしてもです」

「だから理由を訊いているんだ。納得できる理由を言ってくれ」

本橋は口籠もった。

「お前が本当に明日で終わるっていうなら考える。だがな、今のままではそうはいかない」

本橋の目つきが鋭くなった。

「すまないな、本橋。あまり言いたくはないが俺の立場も分かってほしい」

「はい、すみません。ですが――」

「頼む」

徳重は頭を下げた。教師の自分が生徒に頭を下げる意味をこの男なら理解してくれると思った。

「止めてください。先生」

徳重は頭を上げなかった。

「止めてください」

本橋が徳重の肩を摑んで起こした。

「分かってくれ」

徳重は本橋の目を見つめた。

「先生、我儘《わがまま》を言って申し訳ありません。ですが僕は本当に野球を辞めます」

本橋もまた徳重から目を逸らそうとはしなかった。

「確かに僕は野球が他の人より得意なのかもしれません。ですが野球だけが人生ではありません」

「何を言っている、得意なんてもんじゃないだろ」

「ですが、僕は皆さんが思っているほど野球に執着がないんです。確かに元々はプロを目指していました。ですが甲子園、そして日本一を目指す中で自分の能力の限界が見えてきたんです。もしかしたらプロへ進めば活躍できるのかもしれません。でも今以上に自分の力を上げることはできないと思います」

本橋らしい達観した言葉だったが、高校生にしてはあまりに夢のない自己分析だった。

「そんなことはないだろう。これから身体をしっかり作ればいくらでもレベルアップできるはずだ」

「そうでしょうか。僕にはもうピッチングでできないことがないんです。はっきり言ってこれ以上の伸びしろが見えません」

並の高校生であれば平手打ちをかましてやりたい発言だ。

「俺は全くそうは思わんぞ。プロのスカウトだって将来性があるっていう評価だ」

「いえ、自分のことは自分がよく分かっています。もうこれ以上は無理です」

一体何だ、この潔さは。その場凌《しの》ぎの言葉とは思えない諦念が滲んでいた。

「それよりも僕は別のもっと成長できる道に進みたいと考えています」

「一体何なんだそれは」

「それはこれから大学へ進んで見つけたいと思います。とにかくもう、野球はやり切りました」

「だが――」

「これは僕の人生です」

文句は言わせない、そう言わんばかりだ。

本橋は自分なんかよりもよっぽど広い視野を持っているのかもしれない。確かに野球が全てではない。あまりにも能力が傑出しているため誰もが期待しているが、それは本人の望むところではないのだとしたら――。

俺は自己保身に走っていなかったか。果たしてそれが教師としてのあるべき姿なのか。生徒の意思をまず尊重すべきではないのか。気持ちが揺れ始めた。

しかし世間は納得するだろうか。

「先生は明日、僕に一球も投げさせないお考えですか?」

「いや――」

先制できれば継投で何とか繋いで、終盤を本橋に投げさせるプランはあった。それであれば世間も少しは納得してくれるはずだ。

「展開次第だな」

「それであれば最初から投げても同じではないですか?」

何だと。

「僕がみっともないピッチングをしなければいいんです。今日みたいなピッチングではいけません」

「そうかもしれないが」

「球数も放りません。一イニング九球として八十一球で試合を終わらせます」

何という自信だ。だが決して傲慢には聞こえなかった。本橋の能力ならそれを成し遂げるように思えてならなかった。

「それを超えるときにはマウンドから降ろしていただいて構いません」

こいつは本当に高校生なのか。俺の思惑を見透かしたかのように駆け引きをしてくる。固まっていたはずの決意は今、脆くも崩れようとしていた。

「本当にいいのか？」

「はい」

なぜこれほどの才能を自ら埋没させられるのだろうか。現役時代は万年補欠ながら、引退後も野球に携わっている徳重には到底理解ができなかった。

「本当にいいんだな？」

再度確認した。

「はい」

「本当に辞めるんだな。野球を」

「はい、明日が僕の野球人生最後の試合になります」

日本一を目前に冷静さを欠いていたのかもしれない。徳重はその言葉で陥落していた。

3

会場の前へ行くと受付で数人の老人が列を作っていた。同じように遅れてきたようだ。近づくのが躊躇《ためら》われ徳重はそこで立ち止まった。だが不幸にも受付の男と目が合ってしまった。

「先生」

男は立ち上がり呼んだ。記帳していた老人らも振り返った。知らない顔だったが視線を浴び徳重は硬直した。

「お久しぶりです」

男が頭を下げた。村瀬の同期の森口《もりぐち》だった。顔に歳を重ねていたが球児の面影を残していた。

「久しぶりだな」

不意に懐かしさが込み上げた。監督と選手、そういう関係性で人と接するのはあの夏以来だった。自分はまだ彼らにとって監督であるのだろうか。

そう感慨に耽ったのは一瞬のことだった。そんなはずあるまい。

当時、テレビ、新聞、雑誌全てが徳重隆という人格を八つ裂きにした。四面楚歌だった。町を歩くこともできない。徳重は逃げるように彼らの前から姿を消したのだ。教育者として、あまりに無様な去り際だったろう。それ以来の再会だ。

徳重は記帳しながら既に書かれた名前に目をやったが、見た限りではその名はなかった。

やはり来るはずがないか――。

徳重は森口から式次第を受け取ると会場の中へ入った。

壇上で見たことのない初老の男が話していた。酔いが回っているのか呂律《ろれつ》が怪しい。

あいつは来ていないか――。

徳重は会場を見渡した。出席者は想像よりも多かった。軽く百人はいるだろう。照明が絞られていることもあり即座に判別することは不可能だった。

すると徳重に気づいたかつての教え子や当時の関係者らが歩み寄ってきた。

「どうもお久しぶりです」

皆が一様に恭《うやうや》しく挨拶をした。その所作がどこかよそよそしく感じられたのは気のせいではないだろう。彼らなりに罪悪感があるのだろうか。社交辞令を述べるとすぐに離れていった。

気づけば一人になっていた。

やはり来るべきではなかった。

再び吐き気が襲ってきた。膝に手を突いた。

何とか込み上げるものを飲み込んだ。

「大丈夫ですか」

その時、頭上から声がした。

息を呑んだ。ただ一言だった。だがその声、穏やかな口調だけで声の主を識別するのには十分だった。徳重は力を振り絞り顔を上げた。

短髪の中に白髪が交じり、目尻に当時はなかった皺《しわ》が寄っている。年齢の割には色気がある。

良い歳の取り方をしたな。そんなことを思った。

本橋哲司――。

徳重の待ち望んだ男がそこには立っていた。

4

徳重はほとんど眠れないまま朝を迎えた。窓の向こうが徐々に明るくなっていくのが分かった。それにつれ昨晩の会合が幻のように思われてきた。

あの本橋が野球を辞める?

有り得ない。プロ入りは本橋の目標だったはずだ。高校野球などその通過点としか捉えていないのではないか、そう思っていた。

だが確かに昨日、本橋は言った。

俺は本当に今日、本橋を先発させるのか――。

起床後も迷いは消えなかった。広間での朝食中に本橋を見た。いつもと変わらず、硬い表情で食事を口へ運んでいる。十代らしからぬ大人びた空気を纏《まと》っていた。

試合前、メンバー表を記入する手が止まった。

本当にこれでいいのか。本橋も興奮していただけではないのか。ストレッチをしている本橋を見ると、集中するように目を瞑《つむ》っている。話しかけるな。そう言っているようにも見えた。その意志に付け入る隙などもうないのだ。徳重は腹を括った。

先発を発表した時、部員の中でもざわめきが起こった。ただ一人本橋だけは表情を変えなかった。徳重も波立つ心を無表情の仮面で覆った。

観客も昨日とは違う反応だった。驚きを隠しきれないようだった。球場中が敵に見えた。だがそんなことは関係ない。これは、沓澤高校野球部の、そして監督である自分と本橋の問題だ。外野が何と言おうと関係ない。黙って見ていろ。

徳重は指揮に集中した。これが本橋哲司の人生最後の試合だ。そして俺が作り上げた最強のチームだ。しかと目に焼きつけろ。

試合は今日も投手戦となった。本橋は見たこともないほど気迫を前面に押し出していた。鬼気迫るものがあった。

だが決して力任せではなく緩急を上手く使い、打たせてアウトを重ねていた。宣言どおり一イニング九球のペースで試合は進んでいった。脱帽だ。本当にこいつにはもう投手として、不可能なことはないのかもしれない。

六回表に味方が先制した時も本橋は表情一つ変えずキャッチボールをしていた。

そして一対〇で迎えた九回裏。徳重は全身の震えが止まらなくなっていた。それがあと一イニングで全国制覇を達成するからなのか、稀代の天才のラストイニングだからなのか判然としなかった。

だがここで信じられないミスが起きた。城之内の先頭バッターが三塁側へセーフティバントを試みた。打球が三塁手河野《こうの》と本橋の間へ転がる。河野が捕球体勢に入り捕球しようとしたその時、本橋の体躯が河野を吹き飛ばした。河野はグラウンドに叩きつけられ、本橋も何が起こったのだというようにその場に立ち尽くした。大歓声で河野の掛け声が聞こえなかったのかもしれないが、フィールディングの上手い本橋らしからぬプレーだった。あの本橋がここへきて落ちつきを失っている。優勝のプレッシャーがそうさせるのか、野球への未練がそうさせるのか。嫌な予感がした。

それは的中した。出塁したランナーは次のバッターの送りバントにより二塁へ進塁した。同点のランナーが得点圏へ進んだ。だが所詮高校生だ。城之内にも焦りがあった。三人目のバッターに対峙した時だった。本橋がセカンドランナーを一度、目で牽制しホームへ顔を向けようとした時、セカンドランナーが飛び出した。ショートの白井《しらい》がベースカバーへ動いた。

「刺せ！」

思わずベンチで叫んだ。だが、本橋の顔はそのままホームへ向き左足が上がった。クイックモーションでホームへボールを放った。

何をしている。

そしてバッターは空いた三遊間へ狙い澄ましたようにゴロを打ち返した。呆気なく同点にされてしまった。

それからのことはよく覚えていない。気づけばグラウンドに土煙が上がり城之内の選手が歓喜の輪を作っていた。

全身から力が抜けた。

5

「お久しぶりです」

俄には信じられなかった。

ずっと待ち侘《わ》びた人間が今目の前にいる。当時日本中を論争に巻き込んだ二人の再会にしては淡白なものだった。

「久しぶりだな――」

突然のことにただそれだけしか言うことができなかった。

「お元気でしたか」

何気ない一言だったが二人にとってその意味は果てしなく重い。

「まあな。お前はどうだ。今何している？」

「僕はサラリーマンです」

本橋が会社名を言った。それは徳重も知っている大手食品メーカーだった。

「順調なのか？」

「ボチボチです」

本橋は控えめに答えた。果たしてサラリーマンは本橋にとって成長できる道だったのだろうか。

本当にそれで良かったのだろうか。

その顔を見て心中で問わずにいられなかった。

本橋は唯一無二の才能を持った男だったのだ。ましてや当時遥かに実力の劣っていた後輩のプロ野球引退記念式典へ出席している。徳重は思ってしまう。村瀬であれだけできたのであれば本橋はどれほどの成績を残したのだろうか。当然、本人だって——。

「結婚はしているのか？」

徳重は話題を変えた。

「ええ、十年ほど前に職場の同僚と」

あまりに平凡な人生だと思った。もっと輝かしい人生を歩めた男なのだ。

「そうか。幸せか？」

言ってすぐに後悔した。他意はなかったが不用意な発言だった。

「ええ、幸せですよ。子供も二人いるんです」

だが本橋は笑みを浮かべ答えた。徳重は本橋が笑うところを初めて見た気がした。高校生だった頃、本橋は常に何かと闘うように険しさを纏っていた。この笑顔は果たして本物なのだろうか——。

「それは良かった」

内心とは裏腹だったが他に言葉が思いつかなかった。

「先生は今何されているんですか?」

「俺は実家の工務店を継いでやっている」

あれ以来徳重は教師として、監督として生徒の前に立つという選択肢を失った。人の目に触れるのがトラウマになっていた。幸い実家が工務店だったので、そこで世話になることができた。

「そうですか」

本橋はそう言うと深く息を吐いた。

そして壇上の方を向いた。まだ同じ男が話している。

徳重はここへ来た目的を切り出せずにいた。

6

甲子園から戻ると自らを取り巻く環境は大きく変わっていた。

あの決勝再試合は良くも悪くも世間の注目を大きく集めてしまっていた。

敗れたものの名門私立を土俵際まで追い込んだ公立高校を世間は称えた。ましてや一人で投げ抜いた本橋に対する称賛の声は社会現象となっていた。学校にもマスコミが押し寄せていた。

徳重も町を歩けば至る所で声をかけられた。地元の県立高校の躍進は町に活気をもたらしていた。それ自体誇らしいことではあったが、まるでプライバシーがなかった。常に人から見られているという感覚はストレスだった。

だがストレスの原因はそれだけではなかった。やはりあの試合を投げさせたことで本橋の酷使に対する非難の声は強まっていた。本橋のミスが目立った負け方も良くなかったのだろう。テレビや新聞でも取り上げられ、学校へも抗議の電話がかかってきているようだった。世間も本橋の進路はプロを既定路線としており、徳重としては一刻も早く本橋に野球との決別を宣言してほしかった。

その日も徳重は陽の昇らぬうちに目が覚めていた。二度寝しても十分練習には間に合うだろう。だが再び眠りにつくことはできそうになかった。ここのところ毎日こうして不快な目覚めを迎えていた。

甲子園の決勝再試合から一週間が過ぎていた。

「大丈夫？」

妻の律子も目を覚ましていたようだ。律子にも心配をかけっぱなしだった。二人の間では娘の美沙《みさ》が小さな寝息を立てていた。

「大丈夫だ」

その時家の電話が鳴った。こんな時間に一体誰だ。反射的に身構えた。

まさか抗議の電話か――。遂に自宅を嗅ぎつけられたのか。

律子と顔を見合わせた。

徳重は出なかった。やがて留守番電話に切り替わった。

ピー。

一体何だ。

「すみません、小山内《おさない》です」

名ばかりの野球部長、小山内からだった。早口で声が上擦っていた。

緊急事態。直感がそう告げた。

「徳重先生、大変です」

今にも泣きだしそうな口調だった。

「本橋君が、本橋君が事故に遭いました」

何だって――。

徳重は受話器を取った。

「どういうことですか」

突然電話口に出た徳重に一瞬驚いたようだったが小山内は続けた。

「先ほどご家族の方から学校に電話がありました」

小山内は今日宿直だったようだ。

「昨晩、本橋君が交通事故に遭ったそうです。意識不明の重体だということです」

受話器の向こうの声が無情に響いた。

そこには変わり果てた本橋の姿があった。

顔は包帯で覆われ口元にチューブのようなものが取り付けられている。腕には点滴が繋がれていた。ただ眠っているのでないことは明らかだった。病室には先に校長と小山内が到着していた。

「昨日の晩、哲司が事故に遭ったって警察から連絡があったんです」

母親が肩を震わせ言った。父親と思われる男が肩を抱いている。

徳重は返す言葉がなかった。

「どうやら事故じゃないかもしれないんですよ」

突如、父親が言葉を発した。それは懸命に感情を押し殺そうとする声に聞こえた。徳重は父親の顔を見た。その目は充血し大きく見開かれていた。

「止めて」

母親が手で制した。

「黙ってろ」

父親の怒号が轟いた。徳重の全身に緊張が走った。

「現場はうちの近所だ。夜とはいえトラックが来てるのに気づかないはずないんだよ」

父親が拳を強く握りしめたのが分かった。

「あんたは哲司から野球を奪ったんだよ」

「は？」

意味が分からなかった。

「何であんなに投げさせたんだ。そんなに優勝したかったか？　哲司の将来なんかどうでもよかったのか？」

一体何を言っているのだ、この父親は。

「哲司はあんたのせいで野球ができなくなっちまったんだよ」

「ちょっと待ってください。哲司君は怪我をしていたとでも言うん――」

最後まで言うことができなかった。殴られた勢いで徳重は床に倒れこんだ。口の中で血の味がした。

「止めて」

母親が甲高い声を発した。

「それ以外に考えられるかよ、トラックに飛び込む理由が」

トラックに飛び込む？

父親の言わんとすることを理解し、徳重は絶望した。

父親も知らないのか、本橋が野球を辞めるつもりだったことを。それともあれはやはり投げるための本橋の方便だったのか。本橋の目の涙を思い出す。そんな、まさか――。

猛暑の中の酷使、不審な事故、意識不明の重体。

真実を知らない者に対して状況はあまりに無慈悲な仮説を示している。

――本橋哲司は自殺を図った。

本橋は連投を強いられ故障をした。その才能を奪われた高校生は自分の将来に絶望しトラックに飛び込んだ。

違う、有り得ない。絶対に有り得ない。あれは全て本橋の意思だったのだ。

だが徳重の潔白を証明できるただ一人の男は言葉を発することはなかった。


その日から徳重は人権を失った。

本橋の事故は瞬《また》く間にニュースで報道された。英雄の不幸は悲しみをもって大きく伝えられた。初めこそは本橋の容態を報じる内容に留まっていたが、真相について言及されるまでに時間はかからなかった。

どれも憶測の域を出ないもので断定する内容ではなかったが、遠回しに監督の酷使が故障を生んだと論じていた。

そして本橋の父親がマスコミの前で徳重を名指しで詰《なじ》ったことが輪をかけた。家へはマスコミが昼夜を問わず押しかけて来た。知らない人間からの電話もかかってきた。「人殺し」という声が耳に巣食《つ》った。電話線を抜いた。

テレビも点けることはなかった。そこから発せられる情報は、自分が一人の高校生を自殺へ追い込んだという根も葉もない勝手な憶測だったからだ。

心身共に限界にきていた。律子は美沙と共に実家へ帰した。自分一人なら何とか耐えられる。だが家族の苦しむ姿を目にするのは何よりも心を削られた。それでもここで逃げるわけにはいかなかった。苦しみを懸命に押し隠し、指導者の使命感だけで徳重はグラウンドへ足を運んでいた。

しかし明日から新学期が始まるというその日、徳重がグラウンドへ行くと、そこにいたのは二年生投手の村瀬だけだった。外野で一人黙々と走っていた。

何事だ。異変を感じた。

そこへ小山内が険しい顔つきでやってきた。

「徳重先生、お話があります」

野球部員の保護者の総意として学校へ連絡が入ったという。あの男が監督をしている野球部に子供を行かせることなどできない。学校に対する不信感を覚える。

あまりに一方的で聞くに堪えない話だった。そして最後に小山内はこう言った。

「徳重先生はしばらく休職された方がいいかと思います。そうしないと保護者が納得しません、野球部も練習ができません」

どうやらそれが学校の下した決断のようだった。当事者の俺に一切の事実確認もなく世間に迎合するのか。野球部を人質にとって俺に辞職を迫るのか。蜥蜴《とかげ》の尻尾《しっぽ》切りではないか、汚すぎるぞ。徳重は唇を噛んだ。渦巻く感情が全身を震わせた。

学校の指示に逆らうように徳重は次の日も出勤した。こんな理不尽に負けて堪るか。その一心だった。だがそれは脆くも崩壊した。

始業式後のホームルームだった。担任の三年D組の教室のドアを開け目を疑った。そこには数人の生徒が座っているだけだった。生徒らの抗議――。そういうことなのか。

小室は、白井は――。必死に野球部員の顔を捜した。けれどもそこに彼らの顔はなかった。虚無感を覚えた。俺たちは甲子園優勝というとてつもない目標に向かって心を一つに戦ってきた。二年以上もの間、苦楽を共にしてきた。時には厳しくも接してきた。甲子園へ行くのだ、日本一になるのだ、それだけだった。彼らも腐ることなく真摯《しんし》に向き合ってくれた。師弟関係を超えた戦友だったはずだ。そこには紛れもなく絆があったはずだ。

俺はそれを壊してしまったのか――。それまで築いてきた日々を否定されたようだった。

悔しさと情けなさが込み上げた。

徳重は次の日から休職した。

自ら潔白を証明するしかない。それしか生きていく術《すべ》はないのだ。

徳重は事故現場だという十字路へ隠れて足を運んだ。ここで右から走ってきたトラックに本橋は轢《ひ》かれた。本橋の父親の言うとおりだった。決して見通しは良くないがトラックに気づかないというのは違和感を覚えた。単純な事故と思うことができなかった。やはり自分は本橋の真意を読み間違えたのではないか。プロに入れるだけの実力、そしてその意思を持った男が突然翻意するというのは改めて考えると腑に落ちない。あいつの右腕はあの時傷を負っていたのではないか。そして登板させたことでその傷を致命的なものにしてしまったのではないか。俺は目の前の栄光に目が眩み、取り返しのつかない過ちを犯したのかもしれない。

怖気《おぞけ》が走った。

ふと思い当たった。彼らなら知っているかもしれない。野球部員の顔が浮かんだ。だがすぐに打ち消した。教室に姿を現さなかった小室や臼井を思い出した。本橋は彼らにとってもまた大事な戦友なのだ。その戦友が徳重の采配の結果によって奪われようとしている。今は彼らと顔を合わせるのが怖かった。

次第に気力は失われていった。あまりに報われないことが多すぎる。

そうして五ヶ月が過ぎた。

徳重は廃人と化していた。

7

式典はもう中盤を終えようとしている。壇上ではよく知らない連中がスピーチをしている。

「ちょっと待っていてください」

そう言うと本橋はどこかへ消えていった。少しするとワインボトルを持って戻ってきた。

「先生、どうぞ」

本橋はグラスを差し出しボトルを傾けた。

「ありがとう」

酒を味わうつもりなど全くなかったが、少しくらい含んだ方がいいかもしれない。

「酒は強いのか？」

「いえ、ワインを嗜《たしな》む程度です」

「そうか、取り敢えず再会に乾杯だな」

徳重と本橋はグラスを交わした。

ふと人ごみの中によく知る顔を見つけた。

村瀬――。

この式典の主役だ。会うのはそれこそ二十五年ぶりだったがテレビではよく目にしていた。華奢《きゃしゃ》な体形でスーツを着ているとプロ野球選手だったようにはとても見えない。

その村瀬が来賓らに呼び止められる中、こちらへ歩いてきた。

俺なのか？　いやまさか――。

「先生がいらしていることを伝えてきました」

本橋は徳重の心を読んだかのように言った。徳重は本橋の顔を見た。

わざわざそんなことを――。

村瀬は本橋の一つ後輩だ。したがって徳重との付き合いは一年半もなかった。しかも当時村瀬は二年生ながら三、四番手の控え投手ではあったものの、本橋という才能の前に霞《かす》んでいた。大事な試合は本橋が投げ、その間を二番手の小室で埋めれば十分回る。そう考えていた徳重はそれほど村瀬を気にかけていなかった。まさか後にプロでこれほど長く現役を続けられるような選手になるとは夢にも思っていなかった。

「ご無沙汰しております」

村瀬が会釈をした。

「お疲れ様だったな」

そう一言だけ言った。俺はこの男の育ての親ではない。稀有な才能に気づけなかった駄目な指導者だ。改まって挨拶されることに恐縮した。

あの日、グラウンドを走っていた姿を思い出す。この男は一人だけグラウンドに現れた。自分のことを信頼していてくれたなどと自惚《うぬぼ》れたりはしないが、野球に対する真摯な姿勢、そして人格は信じるに値する。

「長い間、ご挨拶もできず本当に申し訳ありませんでした」

そう言って深く頭を下げた。指導らしい指導などほとんどしたこともないのに律儀な男だ。

「俺は村瀬に何もしてやれなかったからな。むしろ現場を放棄して申し訳なく思っている。あんな環境でよく頑張ったよ」

それは偽らざる本心だった。本橋が言っていたことを思い出す。

――あいつは必ずプロになります。

「ありがとうございます」

徳重は手を差し出した。村瀬はその手を強く握ってきた。

「それでは最後に我らの英雄、村瀬浩介君よりご挨拶いただきたいと思います」

スピーカーから司会者の声が聞こえた。徳重は手を緩めた。

誰も現れない壇上に会場がざわめきだした。

「行きなさい」

「慌ただしくて申し訳ありません」

そう言うと村瀬は再び人ごみを掻き分け消えていった。

「ありがとうな」

本橋に礼を言った。徳重はこの計らいの意味を考えていた。

8

その電話を受けたのは引越したアパートの寝室だった。

あれから正式に辞職した徳重は、律子と美沙を呼び戻し田舎町で息を潜め生活していた。律子の収入とこれまでの貯金を取り崩し何とか生計を立てていた。そんな生活は申し訳なさと情けなさを募らせた。知り合いのいない町を選んでは来たが、恐らく外の世界で律子は苦労することもあっただろう。だがそういう素振りは一切見せなかった。

だからその報を受けた時に真っ先に律子の顔が浮かんだ。

どこで調べたのか知らないが電話の主は小山内だった。

「本橋君が目を覚ましました」

「何だって」

昨晩意識を取り戻したのだという。

「今から向かいます」

そう言うと律子へ置き手紙を残しアパートを飛び出した。昼間に外へ出るのはいつ以来だろう。今でも怖さは残っており、帽子とマスクで顔を隠した。電車を複数乗り継ぎ二時間かけてようやく最寄駅へ着いた。

病院が近づくにつれ疑心暗鬼になった。本当なのか。この生き地獄から解放されるのか。この数ヶ月を思い返すと徳重は信じることができなかった。

病室には母親と小山内がいた。そしてその奥にある顔に釘づけになった。

「本橋――」

久しぶりに見るその顔は頬がこけていた。だが確かに目を開けている。

表情は硬かった。

「分かるか？ 俺だ」

「先生」

本橋に対して投げつけたい言葉は山ほどあったが、その姿を見て全てが鳴りを潜めた。

「良かった、本当に良かった」

よく分からない感情の涙が溢れ出していた。

やがて母親が用事があると言って帰って行った。

「本橋――」

徳重は即座に切り出した。

「はい」

本橋も空気が変わったのを敏感に覚ったようだ。顔を向けた。

「今回のことは——事故なんだよな？」

一刻も早くこの苦しみから抜け出したかった。

「そうです」

本橋は徳重の目を見て言った。濁りのない答えだった。その瞬間、徳重は空に放たれたような解放感を味わった。

「本当に野球を辞めるんだよな？」

俺の判断は間違っていなかった、そうだよな？

「はい、もう決めた事ですから」

徳重は目が潤むのを堪えきれなかった。涙が落ちぬように顔を上に向けると、ぼやけた視界の隅に小山内の驚く顔があった。これが真実なのだ。

「先生には無理を言って申し訳ありませんでした」

本橋は深く頭を下げた。それは心からの謝罪に聞こえた。

「ところで野球部は今どうしているんですか」

本橋が話題を変えた。それ以上触れてほしくない——そう言っているように思われた。

「俺はもう監督を辞めた」

「えっ」

本橋の顔が険しくなった。

「色々あってな」

「色々？」

勘の良い本橋はすぐに察したようだった。

「もしかして僕のせいですか？」

「そういうことではない」

「教えてください。一体何があったんですか」

「本橋。お前は本当に何も悪くないんだ」

徳重は本橋の肩に手を置いた。

「だったら何があったんですか？」

仕方なく徳重は本橋に全てを説明した。

「本当に申し訳ありません」

本橋は何度もそう言った。

「気にするな。そんなことよりお前が意識を取り戻してくれて何よりだ」

本橋は重く責任を受け止めているようだった。

「でも先生がいなくなって野球部は大丈夫なんですか？」

「今は船山《ふなやま》先生が監督をされている」

小山内が言った。

船山は野球経験のない体育教師だったが、どうやら保護者たちの抗議からは解放されたようだ。罪滅ぼしではないが、俺の辞職も無駄ではなかった。

「村瀬はどうです？」

本橋が訊いた。

「村瀬？」

小山内は言葉に詰まっていた。名ばかり部長のこの男に部員のことなど訊いても分かるはずもない。

「ちゃんと練習していますかね」

「村瀬か」

二年生投手で唯一ベンチ入りをしていた。今年のエース候補ではあったが、あくまで候補だ。コントロールが良く自滅することはなかったが、持っている球の力自体は並だ。突出したものはないが強いて言えばよく練習する男、それが徳重の村瀬に対する評価だった。

「気になるか？」

「はい、あいつは必ずプロになります」

「え？」

思わず声が漏れた。だが本橋は本気のようだった。心なしか寡黙な本橋が高揚しているようにも思われた。

とっておきの宝物を友人に自慢する、そんな口振りだった。

9

村瀬が壇上に現れた。会場を見渡し一礼した。

「皆様、本日は私のためにこのような会を開いて頂き誠にありがとうございます。私、村瀬浩介は先日二十四年間のプロ野球生活を終えました。それだけの長い間、現役を続けられたのも、ひとえに皆様のご支援のお陰であると深く感謝いたしております」

再び頭を下げた。

「プロに入った時はまさかこんなに長くプレーできるなんて思ってもいませんでした。それだけでなく、私はこの沓澤高校野球部に入部した当初、プロに入れるとすら思っていませんでした。恐らく当時の私を知る人なら頷かれるのではないでしょうか」

何人か首肯する者がいた。

「もちろん、入学当初は自信に満ち溢れていました。中学校ではエースで四番、正にお山の大将だったからです。しかし入部して間もなくその自信を失いました。一つ上の先輩にとんでもない投手がいたからです」

会場が沸いた。誰もが本橋のことだと分かっている。当の本橋は表情を変えず聞いている。

「その人を見た時に自分の力不足を痛感しました。この人と肩を並べられなければプロになど入れないだろう。そしてそうなるためにはその人以上に練習をしなければならない。私はその先輩と競うように練習をしました。そして先輩はそんな私に多くのアドバイスをくださいました」

徳重は本橋の口から直接、村瀬への想いを聞くまで、二人がそこまで切磋琢磨《せっさたくま》していたことを知らなかった。その時に大きな虚しさを覚えたのが忘れられない。自分は確かに甲子園準優勝という実績を築き上げた。だがどこまで彼らを理解できていただろうか。そんな密な人間関係すら見逃していたことに気づかされ、初めて彼らとの溝を感じた。

「そして、皆さんご存知のようにその先輩を擁し、沓澤高校野球部史上に今も燦然《さんぜん》と輝く夏の甲子園準優勝を果たすことができました」

そこで拍手が起こった。当時その栄光に殺人的な非難を浴びせたことなど忘れたかのようだった。都合の良すぎる態度に啞然とした。悔しさで目頭が熱くなった。本橋はどんな気持ちで聞いているのだろうか。ふと目をやると本橋の姿は消えていた。

「しかし私は甲子園で一球も投げることができませんでした。来年こそは自分がエースとなって甲子園のマウンドに立つ。そういう想いでした。そんな中、とんでもないニュースが飛び込んできました。その先輩が交通事故に遭い意識不明になってしまった。信じられませんでした。私にとってただ一人のかけがえのない先輩が生死を彷徨《さまよ》っている、とてつもなくショックでした。しかし私は信じていました、必ず先輩は目を覚ますと。

その時にいい報告ができるようにしっかりと練習をしよう、そう決意し一層精進しました」

ただ一人練習時間前からグラウンドを走る村瀬の姿が蘇った。

「やがて先輩が意識を取り戻した、そういう報せが届きました。とても嬉しかったのを覚えています。もうドラフトは終わっていましたが、来年自分は先輩と共にプロ入りするんだ、そう思っていました。しかし現実はどこまでも残酷でした。目を覚ました先輩は事故のせいで右目の視力を失っていたのです」

会場がどよめいた。そうか、知っている人間はほとんどいないのだ。

「あれほど才能があり、野球を愛していた先輩が野球を奪われた。悔しかったです。それからは先輩の分まで必ずプロへ行くんだ、その一心で練習に励みました。甲子園出場は叶いませんでしたが、私は念願のプロ野球選手になることができました。自分でも信じられないほどの成長だったと思っています。

そんな私に先日悲しいニュースが飛び込んできました。皆さんご存知のように現在この沓澤高校野球部は無期限活動停止となっております。私は無念でなりません。高校生は無限の可能性を秘めています。物凄い勢いで成長していきます。私は身をもってそう感じています。高校のあの一年がなかったら今の自分はない、だからこそなぜそんなことが起こってしまうのか——」

村瀬の話は徐々に熱を帯びてきた。まだ終わりそうにない。

本橋はどこに行ったのか。まだ話さねばならないことがある。このままでは今日ここへ来た意味がない。

10

二度目の見舞いの時だった。

「本当に野球を続けるつもりはないのか？」

徳重はまだ登板させたことを完全には消化しきれていなかった。

「ありません」

あの日と変わらぬ迷いのない答えだった。しかしそれは本心なのだろうか。野球から離れた今、その気持ちに変化はないのだろうか。そこに未練はないのだろうか。

「それに——もう、野球はできないと思います」

「どうして？」

「事故でやっちゃったみたいです」

本橋は重くなるのを避けるように普段とは違う砕けた口調で言った。

「やっちゃった？」

不吉な表現だった。

「はい、右目を」

「何だって?」

徳重は身を乗り出した。

「先生、落ち着いて聞いてください。それと、このことは誰にも言わないでください。運転手さんに責任を感じてほしくないんです。僕が不注意で飛び出したのがそもそもの原因ですから。それに僕が野球を辞めるのは前から決めていたことです」

そう言うと本橋は事故の衝撃で網膜剝離になり、右目の視力を失ったことを話した。網膜剝離は決して完治しないものではないが、本橋は再起不能の状態だったらしい。

徳重は不憫《ふびん》でならなかった。もう野球をすることすらできない。

そんな男に野球への未練など訊けるはずもなかった。

それから数日後に本橋は退院した。そして正式に野球を辞めることを発表した。「別の成長できる道に進みたい」本橋はその言葉を繰り返した。併せて肩肘に故障はなく、決勝再試合の登板も自らの意思であったのを表明した。おかげで徳重に対する風当たりは幾分弱まった。

教壇に復帰することはなかったがそれでも慎ましく生きてきた。家族と平穏に笑いあえる日々が何よりもいとおしかった。

あれから本橋と会うこともなく時が流れていった。

もうあの夏は終わったのだ。ずっとそう思っていた。

11

本橋は会場の外の喫煙所で煙草を吸っていた。

「スポーツマンらしからぬな」

笑いながら近づいた。

「スポーツマンじゃありませんから」

本橋は煙を空に向かって吐いた。

「いいのか、村瀬の話はまだ終わってないぞ」

「あんな大勢の前で自分の話なんかされたら堪りません」

「あいつ、お前が網膜剝離になったこと話してたぞ」

「あの馬鹿が」

本橋が煙草を灰皿に押し付けた。

徳重は決意を固めた。

「野暮な質問かもしれないが訊いてもいいか?」

「何でしょうか」

「もし、野球辞めていなかったらって考えたことあるか?」

「そんなこと考えたことありません。僕は野球をやりきったんです。未練はありませんでしたから」

本橋は言い切った。だが徳重には自らに言い聞かせているように見えてならなかった。

「それは本心なのか？」

「はい。それに野球を続けていたとしてももう引退している歳です。今更――」

「俺はな、反省しているんだ」

「反省？」

「ああ。果たして俺は良い監督だったのだろうかって」

「先生は歴代の監督の中で、誰よりも良い成績を収められているじゃないですか」

「それはお前がいたからだ。ずっと考えてきたんだ。俺は監督でありながら選手のことをちっとも理解できていなかったんじゃないかってな」

「そんなことありません。先生の采配は的確で指導も論理的でした」

「お前にそう言ってもらえると嬉しいよ。だがな、俺が言いたいのはそういうことじゃない。もっと深い部分だ。もっと深い繊細な部分だ」

本橋は黙っていた。徳重の言わんとすることに気づき始めているのかもしれない。

「俺はお前たちを一人の高校生としてしっかりと見ていなかった」

監督対選手、当時の俺はその視点しか持っていなかった。俺は彼らとの人間同士の対話を放棄していた。強いチームを作ることこそが正義、そう思っていた。

「そんなことありません」

「少しでも目を配ってやれていれば、お前を一人で苦しめることもなかった。お前の輝かしい未来が閉ざされることもなかった」

本橋の目が鋭くなった。

もう、俺には分かっているんだ。徳重は強く本橋を見つめ返した。

「本当のことを話してくれないか」

「どういう意味ですか？」

本橋の声には動揺が感じられた。

「なぜお前が野球を辞めたのか」

本橋は煙草に火を点けすぐに顔を隠すように煙を吐き出した。

「ですから――」

「お前に話す気がないのなら俺が話す。気を悪くしないでくれ。俺が今日来た目的はそれを確認するためなんだ。かつて自分が犯した過ちを自覚するためにな」

本橋の瞳の奥が揺れているような気がした。

「二年ほど前に初めてあの夏の試合を見返した。ビデオでな。俺にとって非常に勇気のいることだった」

なぜそんなことしたのか自分でも分からない。もしかしたらその時既に閃くものがあったのかもしれない。

「そして決勝再試合を見た時、違和感を覚えた。覚えているだろう、最終回のことだ。

あの時お前らしくないプレーが二つも出た。河野との衝突、セカンドランナーの飛び出しの見逃し」

本橋は遠くの一点を見つめている。

「当時は甲子園の雰囲気に呑まれて周りが見えなくなってしまった、そう思っていた。あの本橋哲司だって高校生なんだ、それくらいにしか考えていなかった。だが改めて見てみると明らかにおかしい。河野やセカンドランナーのあれだけ大きな動きを見逃すはずがない。普通の選手ですら起こさないようなミスだった。何で本橋はあんなプレーをしたのか。それからずっと考えてきたんだ」

わざと負けたのか？

そう疑うほどに不可解なプレーに映った。

ドアの向こうから拍手が漏れ聞こえてきた。村瀬の話が終わったようだ。

「お前は、本当に周りが見えていなかったんだな」

「高校生ですから無理もありません」

本橋は何でもないことだとばかりに言った。

「違う、お前はあの時既に右目の視力を失っていたんだ」

それが徳重の辿り着いた真実だった。

「先生、それは違います」

本橋は努めて冷静な声を出そうとしているようだった。

「僕が視力を失ったのは事故に遭った時です」

「その事故もだ。俺は当時現場へ足を運んだ。夜とはいえ、不注意によって事故が起きる場所には思えなかった。だから自殺の可能性も否定できず俺は苦しめられた。だがそれも右目を失明し視界が狭まっていたのなら説明がつく」

「違います」

「部内暴力だな」

本橋の全身が動きを止めた。徳重は確信した。

その可能性は突然現れた。皮肉にも沓澤高校野球部のニュースがそれに気づかせた。あの夏、本橋は部内暴力によって右目から光を奪われたのではないか。だが当時の部員たちのイメージとその仮説は全く結びつかなかった。しかし徳重には最早自信がなかった。本当に俺は彼らのことを分かっていたのか——。

俄には信じられなかったが、本橋が野球を辞めるほどの理由がそれ以外に見つからなかった。だからこそ会って確かめたかった。そしてもしそれが真実であるならば自らの罪を償いたかった。

「すまなかった」

徳重は積年の想いを込め頭を下げた。情けなさでその場に崩れ落ちた。

「俺が気づいてやれなかったばかりに——」

「止めてください」

本橋が徳重の肩を持って起こした。

「俺がお前の未来を奪ったんだ」

膨れ上がった悔恨が徳重を縛り上げていた。本橋は野球を辞めたのではない。続けることができなかったのだ。だからこそ自らの野球人生の全てを懸け最後のマウンドへ上った。そんな状態で甲子園の決勝まで勝ち進んだこと自体が奇跡だ。あの一世一代のピッチングを思い出す。とても人間業ではなかった。自分の持てる力を寸分も余すことなく出し切ったのだろう。だが所詮相手は高校生だ。プロのレベルでやっていくにはあまりに大きなハンディキャップだ。その時の本橋の悔しさを思うとやりきれなかった。

加害者は不明だが動機は想像に難くない。多感な高校生だ。本橋哲司という眩《まばゆ》いばかりの才能を見せつけられた時、素直に敗北を認められる者ばかりではなかっただろう。彼らは高校球児である前に一人の自我を持った人間だった。そこには戦友などという美しいだけの関係など存在しえなかった。俺が彼らと一人の人間としてしっかり向き合っていれば気づけたはずだった。だが俺には甲子園優勝という大義の前に高校球児の偶像しか見えていなかった。

高校生を指導する者としてあまりに視野が狭すぎた。

「長い間一人で苦しませて本当に申し訳なかった」

本橋はその事実を誰にも言えないまま生きてきた。自らの将来を奪った人間を告発するのは本橋の望むことではなかったからだ。もし部内暴力が発覚すれば野球部は活動自粛どころか世間の狂騒に殺される。本橋は自分の存在感をよく理解していたのだ。

本橋の頭に最初に浮かんだのは村瀬だったに違いない。事実が世に出れば自分が認めた後輩の成長する時間、未来までをも奪ってしまいかねない。だから失明したことを隠しあの夏を一人で投げ抜いた。その代償として苦しみぬいた徳重への想いもあったのだろう。先ほど、村瀬を連れてきた時、真実を公表しなかった本橋からの謝意を感じた。村瀬という徳重の苦しみの対価を見せてもらった気がした。

弱冠十八歳の葛藤を思うと胸が苦しかった。

――明日が僕の野球人生最後の試合になります。

それは後輩へ夢を託したエースの遺言だった。

自分は本橋の人生を救うことのできた人間の一人だった。それなのにこのまま知らぬ顔で生きていくことなどできなかった。せめて一度会って話がしたかった。そして謝りたかった。

「本当に申し訳なかった」

徳重は縋《すが》るように謝罪の言葉を漏らした。

徳重の肩を支えていた本橋の腕から力が抜けた。

張りつめた糸が切れる音を聞いた気がした。

秘密

1

エンジンを切ると瞬《またた》く間に熱気が車内を満たした。黒いボンネットから陽炎《かげろう》が立ち昇っている。こんな小さな軽自動車など熔《と》けてしまいそうだ。

内村祐美《うちむらゆみ》は車のドアを開け外へ出た。

もう太陽は西へ傾きかけていたが車内とは比較にならない暑さが全身を襲った。

——この暑いのに。

門の横に止められた自転車を見て感服した。今日は良三《りょうぞう》の家を先に訪れたと聞いている。近所ではあるが自転車で移動するなど祐美には到底真似できない。

蔦《つた》の茂った門を抜け、雑草の合間に覗く飛び石を進む。

すると視界の先にある茶色い玄関の扉がこちらへ開き、学生服姿の少女が出てきた。

少女は祐美に気づいて小さな笑みを浮かべた。

「内村さんが来ましたよ」

少女が玄関の奥に伝えた。

「おう、そうか」

愛想のない声が開いた扉から洩れた。

「それじゃバトンタッチね」

祐美は玄関の扉を引き、顔を中へ覗かせた。

「次から次へと、全く休めやしない」

痩《や》せこけた顔とは対照的にこの老人の憎まれ口は衰えることを知らない。絵に描いたような頑固爺だ。

「じゃ米田《よねだ》さん、また来週ね」

「いい加減勉強せい。俺のせいで浪人したなんて恨まれても困る」

「大丈夫、私優秀だから」

「自惚《うぬぼ》れていると足をすくわれるぞ」

「はいはい。嫌って言っても来週また来ますから」

そう言うと少女は祐美へ会釈し、帰って行った。

「まあ、仲の良いこと」

フンと鼻を鳴らし、米田茂《しげる》は三和土《たたき》から式台へ足を上げた。その時祐美は茂が靴を履き三和土へ下りていたことに気づいた。門まで少女——瑞穂《みずほ》を送ろうとしていたのかもしれない。少し邪魔をしてしまっただろうか。

「失礼します」

祐美も靴を脱いで上がった。

「暑いですね」

「夏だから当たり前だろう」

「そうですね」

居間へ向かう背中に祐美はわざと呆れた声を出した。

「瑞穂ちゃんにもそんな態度なんですか」

「俺は人によって態度を変えたりせん」

「せっかく来てくれてるのに」

「誰も頼んじゃいない」

「あんまり愛想悪いと来てくれなくなりますよ」

林《はやし》瑞穂が米田茂の家を訪れるようになったのは半年ほど前、今年の二月からだった。中学校の職場体験学習として、他の女子生徒二人と共に茂の家へ訪問看護ステーションのスタッフに連れられてきたのだ。

病名は伏せていたようだが、末期癌患者の元へ中学生を連れてくる神経に戸惑いを覚えた。中学生はまだ子供だ。余計な言動で茂を傷つけないかと気が気でなかった。茂と接していると「死」に対する恐れが垣間見えることがある。そんな時は祐美でも相当に気をつかう。

だが瑞穂に関してそれは杞憂《きゆう》に終わった。彼女はとにかく大人しかった。他の女子二人はそれこそ危なっかしい言動に肝を冷やしたが、瑞穂は端で微笑《ほほえ》んでいるばかりだった。皆が茂やスタッフと談笑している時もどこか居心地が悪そうだった。人と交わることが苦手なように見受けられた。

祐美が心配して話しかけた時も瑞穂は一瞬笑みは見せるもののすぐに表情を戻してしまった。共にしたのは僅か一時間程度だったこともあり特に印象に残る子ではなかった。だから後日一人で茂の家にやってきた時は驚いたものだった。

私と同じなのかしら——。

祐美が茂と出会ったのは昨夏のことだ。当時市内の病院に看護師として勤務していた。そこへ手足の痺れを訴えてやってきたのが茂だった。検査の結果、末期の前立腺癌《ぜんりつせんがん》であることが発覚した。担当医は独居老人であった茂に迷った末に余命一年を宣告した。顔色を変えることなく聞いていた姿が印象的だった。入院も勧めたが茂は断固として拒否をした。弱みを人に見せることのできない性格が滲み出ていた。結局、患者の意思を尊重する形で自宅療養をすることに決まった。担当医、看護師、訪問看護ステーションのスタッフが定期的に自宅を訪れ看護をするのだ。祐美も一度だけ看護師として茂の家を訪問した。一度で終わったのはほどなくして祐美が病院を定年退職したからだ。

そしてその退職を機に祐美は茂の家へ通うようになったのだった。

退職後の日々は孤独を極めた。

夫の孝之《たかゆき》は三年前に働いていた自動車メーカーを定年退職したが、今も天下り先で働いており、日中は家にいない。また祐美自身、趣味らしい趣味もなく、友人も決して多いわけではない。時間を持て余すばかりで、その空虚さはまるで自分は誰にも必要とされていないという事実を突きつけてくるようだった。次第に気分が鬱屈としていった。生きるために仕事をしてきたつもりだったが、仕事に生かされていたことを知った。また働きに出ようかしら。自分の中に再び満足感を得たかった。家の外に居場所がほしかった。

そんな時、偶然茂の家の前を通りかかったのだった。

ここは――。

あの時の老人の姿が思い出された。彼はあのまま孤独に余命を過ごしているのだろうか。何か彼にしてやれることがあるのではないだろうか。

茂の自宅が近所だったことも手伝った。翌日、祐美の足は茂の家へと向かっていた。門前払いは覚悟の上だった。案の定、茂は祐美を鬼の形相《ぎょうそう》で怒鳴りつけた。薬の副作用で気が立っていることもあったのだろう。だが祐美にはそれが完全な拒絶には思えなかった。いくら吠えようと祐美の来訪を断つような決定的な一言は決して口にしなかった。素直に人を頼れないだけ、祐美にはそう映った。そして週に二回、茂の家を訪ねるようになった。

少しすると薬にも免疫がついてきたのか茂は落ち着きを取り戻し、祐美に対しても心を開き始めた。間もなく居間にも通してくれるようになった。部屋には数枚の精勤を讃える賞状が飾られていた。茂は十八年前に定年退職するまで建設会社で働いていたという。また部屋の一角には三年前に亡くなったらしい夫人の位牌と仏壇があった。二人の間に子供はなく、ここ数年は独りで生活していたようだ。

　そして何より目を引いたのが、至る所に貼られている色彩豊かな水彩画だった。寡黙な茂らしい趣味だと思った。風景画が主であり、寺社、西洋の街並み、山などいずれも昔旅行で撮った写真を題材にしたようだった。この時ばかりは目を細めて話す茂に、祐美は絵葉書を書かないかと提案した。最初は小馬鹿にしていた茂だったが、いざ祐美が葉書を持っていくとしばしの黙考の後、絵筆を執った。

「これを持っていってくれ」

　そう言って寄越した葉書には雄々しいダムが描かれていた。ものの数分で描いたとは思えない迫力があった。純粋に上手《うま》いと思った。そして一言筆ペンで「如何お過ごしか」と書かれていた。

「これは――」

「いいから持っていけ」

「でもどこに――」

「裏に書いてある」

　葉書を裏返すと達筆で住所と氏名が書かれていた。

井川《いがわ》良三。

「俺の知り合いだ」

　住所は茂の家からすぐの場所だった。茂の足でも十分行けるだろう。

「自分で持っていけばいいじゃないですか」

冗談半分で言うと「つべこべ言わずにお前が持っていけ」と一喝された。よっぽど素直になれない相手なのか。祐美は気になって茂の「命令」に従うことにした。

その家は畑に囲まれた場所にポツンと建っていてさながら陸の孤島のようだった。

井川良三は祐美の訪問に驚いてはいたが、茂と異なり柔和な笑みで迎え入れてくれた。年齢は茂と同じく八十前後だろうか。頭髪はやや薄くなってはいたが同年代と比較したら立派な白髪だった。しかし足取りは不安定で玄関に杖が置かれていた。

「そうですか、米田が」

弱々しい声は感慨深げだった。

聞けば茂と良三は建設会社で同期だったとのことだ。現役の時は特に親交があったわけではないという。お互い家が近所なのは知っていたが、退職以来一度も顔を合わせていないそうだ。

「米田も私以外近くに知り合いがいないのでしょう」

良三も数年前に妻を亡くしていた。子供は娘が三人いるが嫁いでしまいこれまた独居だった。

「この絵は――」

「昔、会社にいたころに携わったダムですね。ああ、懐かしい」

良三は遠い目をした。

「私も米田へ絵葉書を書かせてもらってもいいですか」

「米田さんも喜ぶと思います」

祐美は二つ返事で引き受け、良三へ葉書を差し出した。

「私にはこんなものしか描けませんが」

良三が筆ペンで描いたのは庭に立つ松の木だった。そして柔らかな文字で「有り難き初冬の便り」としたためられていた。

その返信を茂に持っていくと再び茂は良三への絵葉書を祐美へ託した。大した仲でもなかったのに、独りになった今新たな繋がりを見つけたことが嬉しくて仕方ないようだった。

以後週に二回、月曜と木曜に祐美は、茂と良三の家を絵葉書を持って訪問するようになった。その足取りが日々軽くなっていることには自分でも気づいていた。

「会いに行かないんですか」

絵葉書のやり取りだけで満足なのか不思議に思い、一度茂に訊いたことがある。

「いいんだ」

そう言う茂の顔はどこか寂しそうだった。それを見て祐美はハッとした。余命を知った今、茂には茂の去り方がある。不用意な質問をしてしまったと反省した。以来祐美は黙って二人の家を行き来している。

そして良三の家にも瑞穂が職場体験学習の際に訪れていた。良三は特に病を抱えてはいなかったが、独居老人ということもあり定期的に訪問看護のスタッフがやってくるようだった。

やがて瑞穂も茂と良三の家を毎週月曜日に訪れるようになっていた。

あの内気に見えた女の子が――。

だからこそ思ったのだ。この子も私と同じように居場所を探しているのではないかと。誰かに必要とされていたい。身勝手な欲求かもしれないが今は二人の老人の役に立っているということが嬉しかった。

瑞穂の印象も変わっていった。笑顔を見せることが増え、会話も多くなった。学校ではどうだかは分からない。だが祐美らの前では彼女の中で何かが弾けたようだった。

受験生となってからも勉強の合間を縫《ぬ》って訪ねて来ていた。特に何をするわけでもないが瑞穂の訪問は二人の老人にとっても楽しみなのだろう。どこか二人の表情に張りが出てきたように感じていた。

私たちは最早彼らにとって欠かせない存在なのだ。そしてそれは私たちにとっても彼らが――。

「はい、これ」

祐美は鞄から封筒を取り出し茂に渡した。

良三からの絵葉書だ。今年の春先ぐらいからだろうか、茂は絵葉書を封筒に入れて祐美へ託すようになった。「他人の手紙を盗み見るような無粋な真似はするなよ」という冗談とも本気ともつかぬ言葉に、抗議の一つでもしてやりたかったが何か理由があるのだろう。良三もそれに倣《なら》うように封筒に入れるようになった。絵葉書の内容は二人だけの秘密のようだ。

封筒を受け取るとすぐさま封を開けた。絵葉書を取り出すと茂は満足げに頷いた。

「何が書いてあるんですか」

「うるさい」

「それが物を頼む人の態度ですか」

フン、茂はそっぽを向いた。

それから祐美は茂の浮かれた背中を横目に部屋の掃除を終えた。

「それじゃ今日は帰りますよ」

「おう、ご苦労だった」

そう言うと茂は白いビニール袋を祐美に差し出した。

「手間賃だ」

「何ですかこれ」

受け取ると細長いものが入っていた。取り出すときゅうりの漬物だった。

「米田さんが漬けたんですか」

「そうだ」

初めて茂に感謝らしい感謝をされた気がした。思わず笑みが漏れた。

「何がおかしい」

「いえ、ありがたく頂戴します」

祐美は鞄に漬物を入れると米田宅を後にした。

2

翌週の月曜日、祐美が良三の家を訪ねたのは夕方だったが、相変わらず暑さが厳しかった。

玄関を開けると白のスニーカーが丁寧に揃えられていた。

「お邪魔します」

奥の襖《ふすま》が開き瑞穂が顔を覗かせた。

「いらっしゃいませ」

祐美の来訪を瑞穂が良三に伝えた。

居間に入ると良三は座椅子に腰をかけ涼んでいた。

「絵葉書をお届けに来ました」

「あ、井川さんお待ちかね」

瑞穂が歓声を上げる。

よほど茂からの絵葉書を待ち侘《わ》びていたのか、良三の口角が上がった。

良三は封を開け絵葉書を取り出すと祐美らに見えないようこちら側を向いた。

「何が書いてあるんですか」

瑞穂が訊く。

「あれ、瑞穂ちゃんも見たことないの？」

「そうなんです。見せてくれないんです」

瑞穂がわざとらしく顔をしかめた。

「これは私たちの秘密なんです。内村さんにはいつも届けてもらって申し訳ないけど」

普段は温和な良三だったが、こと絵葉書のこととなると茂同様頑なだった。

「男同士の秘密みたいね」

祐美は瑞穂と目を合わせた。

「それじゃ私帰りますね」

部屋の掃除が一通り終わると瑞穂が言った。

「瑞穂ちゃん、いつもすまないね」

座椅子に座ったまま良三が礼を言った。

「いえいえ」

そう言って瑞穂は良三に手を振った。

祐美は玄関まで瑞穂を送った。

「米田さんのとこは行ってきたの？」

「はい、今日は先に行ってきました」

「そうなのね。ところで――」

祐美は声を潜めた。

「瑞穂ちゃん、勉強大変なんじゃないの？」

そろそろ受験勉強の大事な時期のはずだ。

「もし私に気をつかってくれてるなら大丈夫だからね。あの二人も分かってくれると思うし」

「大丈夫です」

受験勉強を優先したら、祐美や茂、良三に申し訳ないと思っているのではないか。

瑞穂はきっぱりと言った。

「それに私にとって勉強でもあるんです」

「勉強？」

「私、看護学科受けるんです」

「看護学科？」

「はい。私、看護師になりたいんです」

初めて聞く瑞穂の夢だった。

「私、実は――」

瑞穂は視線を落とした。

「小学生の頃から腎臓が悪くて、今も治療中というか、塩分摂りすぎないように食事制限とかしてるんです」

祐美は継ぐべき言葉を探した。瑞穂の陰の正体に触れた気がした。病気が全ての原因ではないかもしれない。しかし同世代の友人との間に壁を感じる一因にはなり得るだろう。まだ中学生の瑞穂にとっては酷なことに思われた。

「正直辛い時もあるんですけど、色んな人に支えられて頑張れているんです。ありきたりかもしれませんが今度は私が支える側になりたいなって。だから職場体験でもあそこに行きましたし」

瑞穂が顔を上げた。

「まだ何もできませんけど、こうして一緒に過ごしていると何となく心構えというか、何というか分かってくる気がするんです」

照れ臭そうに言った。

「だから全然気にしないでください」

「そうなのね」

中学生は子供だとばかり思っていたが、瑞穂はとても大人びて見えた。

この子がここへ来る意味は私とは違うのかもしれない。

「だから、内村さんも色々と教えてくださいね」

「うん、頑張ってね」

去っていく背中に一抹の寂しさを覚えた。

「瑞穂ちゃん、看護師になりたいんですって」

「ほう、そうか」

絵葉書を読みながら茂は答えた。

祐美は良三から絵葉書を預かり茂の家へ来ていた。

「俺はいい教材だろう」

茂の投げやりな口調にドキッとした。茂の病は着実に進行している。それは紛れもない事実だった。今でこそ落ち着いているが、容態が急変したらそこから死まで急降下していく。そのことを意識させるような発言だった。

「私の方がいい教材です」

そう言い返すことしかできなかった。

茂の存在は今の私を支えてくれている。その彼が逝《い》った時、自分の感情がどうなるのか想像したくもなかった。

「俺に同情しているのなら止めろと言っておけ」

茂は尚も不機嫌に続けた。

「何言ってるんですか。そんなはずないじゃないですか」

祐美は強く否定した。

「瑞穂ちゃん、ああ見えて体悪いんですって。今でも塩分控えたりしてるらしいんですから。自分が病院でお世話になった分、しっかり恩返しをしたいって」

「――そうか」

茂はポツリと言葉を漏らした。

「立派な子じゃないですか」

祐美は情緒の安定しない茂に不安な表情を向けた。体調が優れないのだろうか。

ふと机の上に黄色い御守りが置いてあるのが目に入った。

「これどうしたんですか」

「ああ、さっきあの子が持ってきた」

瑞穂のことだ。

よく見ると「病気平癒御守」と書いてある。瑞穂が来るようになって少し経った頃に祐美は瑞穂に茂の病状を伝えていた。だが完治を願う瑞穂の純真さは、茂の余命を考えると残酷にも思えた。

「あの子は優しい子だ」

しかし、茂が続けた言葉は先ほどまでとは一転し柔らかなものだった。不自然な態度の軟化にも感じた。やはり様子がおかしいかもしれない。

「優しい子だ」

再び口にした。茂は良三からの絵葉書を見ていた。他の者が言えば引っかかりもしないが、茂が言うとセンチメンタルな響きとなって祐美の中にさざ波を立てる。

「何が書いてあるんですか」

「誰が教えるか」

途端にいつもの茂の口調に戻り、祐美は僅かにホッとした。

「そう言えばきゅうり美味《おい》しかったですよ」

話題を変えた。

「誰が作ったと思ってる」

当然だと言わんばかりだ。

だが実際は味つけが濃いように感じた。悪いからと無理して食べたが、夫の孝之は敬遠していた。もしや茂は味見をしていないのではないか、そんな気がしていた。ここのところ茂は目に見えて痩せてきている。習慣で作りはしたが漬物のような消化の悪いものを食べる体力はもうないのではないか。憶測でしかなかったが祐美は心配だった。

「新しく茄子《なす》を漬けた。まだ味見してないがあんたも持って帰るか?」

やはり味見をしていないのか。祐美の懸念をよそに茂は気を良くしたようだった。

「ありがとうございます」

茂は台所からビニール袋に入った茄子を持ってきた。

「ほれ」

「いただきます」

それからいつも通り掃除を済ませると最後に茂から絵葉書の封筒を受け取った。

「井川に言っておいてくれ。残念だったなと」

「何ですかそれ」

「言えば分かる」

言い方は素っ気なかったが、どこか声が弾んでいるように聞こえた。

3

腹部を抉《えぐ》られるような痛みで祐美は目を覚ました。全身にねっとりした汗をかいていた。呼吸が荒い。

急激な便意が襲ってきた。祐美は這うようにベッドを降りた。

「どうした」

隣で目を覚ました孝之が声を出した。

「お腹が……痛いの」

「大丈夫か」

祐美は孝之に支えられトイレにたどり着いた。

便意は去っても体の怠《だる》さは治まらなかった。

「救急車呼ぶか？」

外はもう明るくなり出している。あと少しの辛抱だ。

祐美は力なく首を横に振った。

朝を迎えると会社が休みだった孝之に連れられ病院へ向かった。

「食中毒ですね」

診察の後、医師は事務的な口調でそう告げた。

「食中毒ですか？」

「ええ、Ｏ１５７です」

「Ｏ１５７？」

孝之が訊き返した。

「高齢の方だと致命的なケースもありますが、奥様のご年齢であれば大丈夫でしょう。今日はこのまま入院された方がいいかと思いますが、じきに良くなります。安心してください」

その言葉に祐美は胸を撫で下ろした。

「それよりも原因を考えた方がいいでしょう」

医師は言葉を続けた。

「原因？」

「はい。ここ数日で口にしたものの中に原因菌が潜んでいたという事です。特に夏場は繁殖しやすい。何か思い当たるものはありませんか」

「思い当たるもの――」

夫は思案していたが祐美には見当がついていた。


「内村さん、お見舞いの方です」

カーテンの向こう側から看護師の声がした。昨日から入院し快方へ向かっていたが、様子を見るということで今日もう一日延長することが決まっていた。

面会時限の十七時まであと十五分ほどしかない。こんな時間に誰だろうか。孝之なら今日はまだ仕事のはずだ。

息子の真治《しんじ》にも娘の加奈《かな》にも伝えていない。心当たりがなかった。

カーテンが開けられ、そこにいた人物を見て驚いた。

「米田さん」

茂だった。ワイシャツにスラックスという見たこともない格好をしていた。だが以前着ていたものなのだろう。今の茂の体にはやや大きく見受けられ、その衰弱ぶりが窺い知れた。

「どうして――」

「あんたの旦那から連絡貰ったんだ。体調崩して明日は行けなさそうだって」

孝之が気を回してくれたらしい。

「それでわざわざ来てくださったんですか」

「たまにはこっちから行ってやろうと思ってな」

ぶっきらぼうな言葉とは裏腹に、きちんとした出で立ちに茂の誠意を感じた。

「でもどうやって」

「タクシーだ。さすがにこの暑さは身に堪える」

「良かった。歩いて来たのだったらどうしようかと思いましたよ。ありがとうございます」

「あんたこそ丈夫そうなのにな」

「誰だって風邪くらいひきます」

「食中毒と聞いたぞ」

孝之はどこまで話しているのだろう。余計なことを勘繰られたくなかった。

「ええ、まあ」

祐美は濁した。

「O157だとか」

「まあそんなところです」

「暑いから気をつけないといけないぞ」

「ええ、気をつけますよ。そんなことより米田さんも食べ物には気をつけてくださいね」

祐美はまだ体力があるが、茂のような高齢の病人が同じウイルスに冒されたら死に至る危険性がある。それとなく言ったつもりだったが、途端に茂が表情を変えた。

「漬物か？」

「え？」

望まぬ形で伝わってしまった。

「俺の漬物にやられたのか？」

茂が詰問するように訊いた。

「そうなのか」

「違います。ちょっと魚が傷んでいたんです」

そう返したが茂の勢いに気圧《けお》され説得力のない声しか出なかった。

「正直に言え、そうなのか」

「いや――」

祐美の様子に確信したらしい。

「すまなかった」

茂は体を震わせながら膝に付くくらいまで頭を下げた。その姿は弱々しくあまり見たいものではなかった。

「そんな――。大丈夫です」

直近で食べたものを思い返すと、心当たりは茂から貰った茄子の漬物しかなかった。漬物は保存食であるため安全と思われがちだが意外に食中毒の事例は多い。野菜そのものにウイルスが付いていたり製造過程で混入したりするケースがあるのだ。祐美が看護師の時も何度かそういう患者に遭遇したことがあった。

そして茂の体に問題がないという事は、いまだに茂は漬物を食べられないのだろう。それほど体力が落ちているのに真実を覚られたら余計な心労を与えてしまう。

不覚だった。減らず口しか叩かない茂がこうして自らの非を詫びている姿は祐美を動揺させた。いつもの調子でいて欲しかった。

「ですから。大丈夫です」

「せめて金は払わせてくれ」

「大丈夫です」

少し声を荒らげてしまった。茂の目は魂を抜かれたように焦点が合わなくなった。

ちょっと強く言い過ぎたか。

「すまない。また来るな」

明日には退院します――。

それを告げる間もなく茂は病室を去っていった。

4

翌日、まだ気怠かったし、下痢気味ではあったが、もう症状としては下降線をたどっているとの診断で祐美は予定通り退院した。

木曜なのでいつものように茂と良三の家へ行きたかったが、しばらく人との接触は避けざるを得ないだろう。昨日の茂の様子に不安に駆られたが仕方ない。後で電話だけはしておこう。

帰宅した頃には昼を過ぎていた。

病院のベッドでは慣れないせいか眠りが浅かったこともあり、祐美は昼食を摂ると自宅のソファーで眠ってしまった。

目を覚ますと外は陽が落ちていた。時計を見ると十九時を回っている。

ハッとした。

茂と良三に電話をしなければ。

まず気がかりなのは茂だった。昨日は図らずも傷つけてしまった。祐美はスマートフォンで茂の自宅に電話をした。

「はい、米田です」

「私です、内村です。今日退院しました」

「それは良かった」

茂の声が沈んでいる気がした。

「昨日は言い過ぎました。すみませんでした」

「なんだ、そんなことか。気にするな」

その時遠くでサイレンの音がした。けたたましく鳴り響いている。この音は消防車だ。

「謝らねばならないのはこっちだ。変なもん土産《みやげ》にして悪かった。いつも世話になってるのにな」

サイレンが徐々に大きくなっていく。近づいている。妙に不安を煽《あお》る音だ。

「気にしないでください。でも米田さんも食べちゃ駄目ですよ」

「もう捨てた」

その声はやさぐれて聞こえた。

そんなに責任を感じて欲しくはなかった。覇気のない茂の声は祐美の気持ちを滅入らせる。サイレンの音が受話器の向こう側からも聞こえてきた。

「火事ですかね」

不謹慎かもしれないが湿っぽくならないよう語尾を上げた。

「そのようだな」

それ以上茂は言葉を継がなかった。

「私、井川さんにも電話しなくちゃいけないんで切りますね。また完全に治ったら伺いますから」

「そうか」

胸騒ぎがした。声の調子が、茂の様子がおかしい。

体調が遂に急変したのか。

「やっぱり今から行きます。ちょっと待っててください」

一方的に祐美は電話を切ると家を飛び出した。

そして目を見張った。

空が赤かった。

現場は見えなかったがそれほど遠くはない。思っていた以上の大火のようだった。

悪寒が走った。

茂の家の方ではないか。

早く行かねば——。

車に乗り込み、いつもの道を走っていると途中で通行止めになった。

やむなく迂回した。

なんとなく火事の方角が分かってきた。胸を撫で下ろした。

茂の家の方向とは——

違う。

だが——。

あの方向にある家は一軒しかない。

暗闇で赤々と燃えているのは良三の自宅に違いなかった。

5

気づくと朝を迎えていた。

昨晩、祐美は茂の家から良三の家へ目的地を急遽《きゅうきょ》変更した。

そこは火の海と化していた。

火炎が壁を焼き尽くそうとしていた。上空へ駆け抜ける炎の中に家の骨組みが垣間見えた。良三の家が消えていく。

止めて――。

だが炎は不気味な咆哮《ほうこう》を上げ悪意を持つかのように勢いを増していった。消防の放水さえも無意味に思われた。

「井川さんはどこにいるんですか」

祐美は近くにいた消防隊員に詰め寄った。

「ここの家の人はどこにいるんですか」

「現在捜索中です」

「中にいるんですか。助けてください、助けてください、早くっ」

「ですから捜索中です」

取り乱す祐美に消防隊員は語気を強めた。

祐美は炎に向かって良三の名を叫んだ。涙が流れていた。あの親しんだ良三の家が燃えている。祐美はその残酷な光景から目を逸《そ》らすことができなかった。

夜が更けるにつれて消防が炎を制圧していった。火が息絶えようとしている。

一人の警察官が祐美に近づいてきた。

彼は良三との関係を訊いてきた。だが祐美の憔悴《しょうすい》しきった様子に気が引けたのだろう。関係を簡単に確認すると祐美の住所と連絡先をメモして去っていった。

その後、朦朧《もうろう》とした意識で家までたどり着くと、心身の疲れが一気に祐美を襲った。

翌日も祐美は呆然とし、ただ時間が過ぎていくのを感じていた。

家の呼び鈴が鳴った。孝之が応対する。

警察の方だ。

警察？

部屋に現れたのはスーツを着た年配の男だった。痩せており刑事にしては頼りなく映った。男は瀬尾《せお》と名乗った。訝《いぶか》しむ祐美に瀬尾は昨夜の警察官に住所を聞いてきたのだと説明した。

何やら弔《とむら》いの言葉を発したのち瀬尾は状況の説明を始めた。

目撃情報から出火したのは昨日の十八時半頃。火元、原因は調査中。

それと身元は確認中ですが――。

瀬尾の前置きに息が止まった。

居間で遺体が一体見つかりました。

覚悟はしていた。しかし――。

瑞穂、良三と三人で過ごしたあの空間が地獄と化した。信じたくなかった。現実とは思えなかった。なぜこんなことに――。

瀬尾の聴取に祐美はまともに答えることができなかった。全ての質問が良三の死を直視させた。耐えがたい時間だった。

瀬尾が帰るとすぐに祐美は茂に電話をした。良三を失った悲しみを共有したかった。何と不憫《ふびん》な最期だろうか。こんな想いをするくらいだったら初めから茂の家になど行かなければ良かった。そうすれば良三と出会うこともなかった。

「米田さん」

「どうした」

祐美の沈んだ声で察したようだ。茂の声は震えていた。

「井川さんが――、井川さんが、亡くなりました」

まだ遺体が良三と決まったわけではない。だが、希望を失うのは時間の問題。茂に余計な期待をさせたくはなかった。

「火事で、火事で亡くなりました」

茂は絶句しているのか言葉を返さない。

溜め込んでいたものを吐き出すように涙が溢れ出した。感情が物凄い速さで昂《たか》ぶっていく。

「私がちゃんとしていれば――」

言葉が口を衝《つ》いて出た。

「私が昨日もちゃんと井川さんの家に行っていれば――」

昨日は木曜だ。本来であれば茂と良三の家を訪問する日だ。火事の原因はまだ判っていないが、自分が訪問していれば防ぐことができたかもしれない。そう思うとやりきれなかった。

「それならば俺のせいだ。あんな漬物渡したせいで」

茂は無念さを押し殺したように漏らした。

「自分を責めるな、全部俺のせいだ」

茂の優しい言葉を祐美は受け入れることができなかった。原因はどうあれ自分が訪問しなかった日に起こった不幸に責任を感じずにはいられなかった。

電話を切ると、気づいた。

瑞穂にも伝えなければ。

良三の死について瑞穂が知るのも時間の問題だろう。その時に瑞穂も深い悲しみの淵に落とされる。傍で寄り添ってやれるのは私だけだ。ならばそれを報せるのは自分でなくてはいけない。

コール音が響く。このまま出ないでくれ。思わずそう願った。

「はい、林です」

瑞穂の声はいつもより弾んで聞こえた。

「瑞穂ちゃん――」

心の準備をさせたかった。祐美は意識して声を落とした。

「どうしたんですか」

瑞穂は訝しんだ。

「井川さんが、亡くなったの」

「えっ」

「火事で亡くなったの」

「どういうことですか?」

信じたくない、瑞穂の絶望が伝わってくる。

「昨日、自宅が火事になって」

「そんな」

「私のせいよ」

再び自責の念が襲ってきた。

「昨日、体調悪くて行かなかったの、二人の家に」

行けなかったのではない、行かなかったのだ。

瑞穂はまだ中学生だ。身近な人の死などほとんど経験したことがないだろう。咽《むせ》び泣く声が電話から溢れてきた。慰めの言葉も思いつかず、ただ聞いていることしかできなかった。

私がしっかりしなければ――。

その気持ちと裏腹に電話を切った祐美を襲ったのは激しい虚脱感だった。

井川良三の遺体だった。

日曜日の午前中、堪らず瀬尾に電話した祐美に知らされたのは受け入れがたき現実だった。

覚悟していたとはいえ良三を思うと涙が止まらなかった。

あの炎が蘇る。

どんなに熱かっただろう。

どんなに苦しかっただろう。

どんなに辛かっただろう。

「しかし、どうやら亡くなった後に火をつけられた可能性が高いようです」

瀬尾の言葉がすぐには理解できなかった。

「亡くなった後?」

「はい、これから司法解剖で明らかになると思いますが、通常生きた状態で焼かれると、血中に一酸化炭素が多く取り込まれ、一酸化炭素中毒に陥り亡くなります。しかし井川さんの血液から検出された一酸化炭素の濃度は低かった。一酸化炭素中毒によって亡くなったわけではないと我々は考えています」

「じゃあどうして井川さんは亡くなっていたんですか」

「ですからそれはこれから司法解剖によって解明されるかと思います。火事の原因についても現在調査中です」

瀬尾もどこか解せないといった風だった。

「内村さんは何かご存知ないですか？」

「何か？」

「ええ、井川さんがトラブルに巻き込まれていたとか」

「トラブル？」

そんな話聞いたこともないし、良三が人と争っているところなど想像すらできなかった。

「分かりません」

そう答えるしかなかった。

それから良三の最近の様子や生活リズムについて訊かれた。そんなものが果たして参考になるのだろうか。

警察は殺人を疑っている。電話を切った後、祐美は一人で考えていた。

良三が自然死した後にたまたま何かの拍子に火が点《つ》いた。

偶然にしてはできすぎている。

何者かが良三を殺害した後、火を放った。

動機など分からない。だが状況を聞く限りそこに殺意が介在することを強く否定できなかった。

あの好々爺《こうこうや》がなぜ殺意の刃を向けられなければならなかったのか。

早急な解明を望んだ。


「そうか。やはり井川だったか」

茂も覚悟を決めていたのだろう。電話口の声は淡々としていた。

「うん――」

祐美は全てを伝えるべきか逡巡《しゅんじゅん》した。

良三は殺されたのかもしれない。

それを知れば余計に無念さが増しやしないか。茂に余計な心労をかけやしまいか。

だが、いずれ分かることだろう。やはりその悲報を伝えるのは自分の口からの方がいい。

「あと、落ち着いて聞いてください」

「なんだ」

「もしかしたら井川さん、火事で亡くなったんじゃないかもしれないんですって」

「どういうことだ」

茂の声が少し上擦った。

「普通、火事で亡くなると血の中に一酸化炭素が含まれるんですって。でも井川さんはそうじゃなかった」

「それはどういうことだ」

「亡くなってから火事になった可能性がある、そう言ってました」

「だからそれはどういうことなんだ」

茂はやや興奮しているように思われた。茂も殺意の可能性に気づいたか。

「分かりません。でも、本当の死因は司法解剖すれば分かるだろうって」

「そうなのか」

「それまで待ちましょう」

しばらくの沈黙が訪れた。互いに突然突きつけられた事実に困惑していた。

「瑞穂ちゃんには言った方がいいんでしょうか」

「ならん」

即答だった。

「あの子はまだ子供だ。そんな話をしたら駄目だ。いずれ知る時が来るかもしれない。

だが伝わり方がある。あの子にとって最も良い伝わり方が」

含みを持たせるような言い方だった。

そこには瑞穂に対する想いが込められていた。茂が不器用な老人であることは分かっていた。普段のぶっきらぼうな態度が本心だなどとは思っていなかった。だがこうして言葉として耳にすると祐美の心は温かなものに包まれた。

大丈夫だ。

一年前にはお互い存在すら知らなかった関係だ。しかし共にした時間が私たちを繋いでいった。

私たちは皆で支えあっている。

だから大丈夫だ。

そんな気持ちになるのだった。

6、

月曜日の朝を迎えた。

遺体は警察にあるため良三の葬式はまだ行われていない。

供養もされず身体を解剖されている良三を思うと居たたまれなくなった。

もし殺害されたのであれば今すぐにでも犯人を捕まえてほしかった。そうしなければ良三の魂が、いや私の気持ちのやり場がない。

私たちは大丈夫。

その想いだけで精神の均衡を保っていた。

いつも通り過ごそう。

だからこの日も午前中に家事をし、夕食の仕込みまで終えると祐美は茂の家へ向かった。

本来であれば茂からの絵葉書を良三へ届ける順番だ。そのことを思うと目頭が熱くなった。

茂の家の前まで行くと、瑞穂の自転車が止まっていた。

祐美は嬉しくなった。皆悲しみを乗り越え必死に生活を取り戻そうとしている。自分は一人ではない。

門を抜けると瑞穂がこちらへ向かって歩いてくるところだった。

「瑞穂ちゃん」

瑞穂も落ち込んでいるに違いない。祐美は努めて明るい声を出した。

瑞穂は祐美を認めると縋《すが》るような目になった。

「内村さん、出ないんです」

「出ない？」

「米田さんが出ないんです。何回もインターフォン押したんですけど返事がないんです」

　嫌な予感がした。

「鍵は？」

「閉まってます」

　祐美は鞄を漁った。茂には何かあった時のために合鍵を作らせてもらっていた。渋る茂を説き伏せるのは骨が折れたが役立つ時が来た。

　祐美は鍵を握ると玄関まで走った。扉を引くが開かない。

　鍵穴に挿し込もうとするが焦りで上手くいかない。ようやく挿さると祐美は勢いよく鍵を回した。

　扉を引く。

「お邪魔します」

　家の中に向かって叫ぶ。

　返事はない。

　どこか違和感を覚えた。何かがおかしい。何かがいつもと違う。その違和感は祐美の中で得体の知れぬ不安へと変化した。

　周囲を見回す。そして気づいた。

　玄関に靴がない。それだけじゃない。廊下も綺麗に片づいていた。元々汚かったわけではない。だが物が全て綺麗に収まっていた。

いや、収まりすぎていた。

まるで生活感がなかった。

「米田さぁん」

そう叫びながら祐美は靴を脱ぎ捨て家に上がった。

「米田さぁん」

瑞穂も祐美についてくる。

「瑞穂ちゃん、二階見てもらっていい?」

「分かりました」

瑞穂は廊下を走り階段を駆け上がっていった。

祐美は玄関を上がってすぐの襖を開けた。

息を呑んだ。

何だこれは——。

あまりに整然としていた。部屋にあるのは木の机だけだった。

扇風機は、座布団は——。

目をやるがそれらは片づけられたのかどこにもなかった。

茂は攫《さら》われたのか? 良三と同じように命を奪われてしまったのか。

ない——。

仏壇から茂の妻の遺影が消えていた。

どうして。

第三者であれば茂の妻の遺影など持ち去る理由が無い。自らの意思で茂は去ったのか？

絵葉書は——。

祐美は仏壇脇にある小物入れの引き出しを引いた。確かここに仕舞っていたはずだ。

だがそこには封筒が入っているだけで絵葉書は跡形もなかった。

——立つ鳥跡を濁さず。

そんな言葉が浮かんだ。それはもうこの部屋に戻ることはないという茂の意思表示に思われた。

「米田さぁん」

気づくと涙声になっていた。

トイレは——。

お風呂は——。

台所は——。

「米田さぁん」

何が起こっているのか分からない。だが予感があった。

もう茂に会うことはできない。

もう二度と。

「内村さん」

瑞穂が息を切らして降りてきた。

どう？

言葉にできず、目で訴えかけた。

瑞穂は力なく首を振った。

その目はやはり濡れていた。

「どこに行っちゃったのよ」

吐き出した怒りは虚しく宙に消えた。

その時ズボンのポケットが震えた。

電話だ――。

直感した。何かあった。

取り出すと登録したばかりの瀬尾からの着信だった。

良三の件で進展があったに違いない。それも気になるが今は茂のことが頭から離れない。整理がつかぬまま電話に出た。

「はい、内村です」

「瀬尾です。今大丈夫ですか」

「はい」

祐美は瀬尾の言葉を待った。

「内村さん、米田茂という人をご存知ですよね？」

「えっ」

なぜ茂の名が――。

「井川さんの元同僚ということですが」

「知っています。でも何で」

「先ほど彼が自首してきました」

「自首？」

状況が呑み込めなかった。

「はい、自分が井川良三を殺したのだと」

7

コンクリートで固められた要塞は、見ただけで気分が沈む。

こんなところに余命幾ばくもない茂が拘束されている。

出して。

自首であるにも拘らず警察に対して理不尽な嫌悪感が募った。

警察署内に駆け込むと、役所特有の冷たい臭気が鼻を突いた。祐美の剣幕に婦警が立ち上がった。

「瀬尾さんは」

それだけで婦警は得心したようだ。ああと短く頷《うなず》いた。

「そちらにおかけください」

婦警は席を指し示し、内線を手に取った。

馬鹿げている。

有り得ない。

祐美は隣を見た。

瑞穂が震えている。

茂が良三を殺した。

数十分前までならそんなこと信じなかっただろう。だがあの家には茂の覚悟があった。

二人を疑心暗鬼に陥らせるのに十分すぎる覚悟だった。

待っていると受付の奥のドアが開き瀬尾が現れた。先ほどの婦警に何やら指示を出すと婦警がこちらに向かってきた。

「ご案内します」

祐美と瑞穂は小さな会議室のような所へ案内された。

少しすると瀬尾が入ってきた。

「どういうことなんでしょうか」

祐美は堪らず訊いた。

「お伝えした通り、本日の午前中に米田茂さんが自首してきました。井川さんを殺したのは自分だと」

「何でですか？　動機は何なんですか？」

「本人は昔からのしがらみだと言っています。ずっと恨みがあったと。あいつを殺さずには死ねなかったと」

物騒な言葉に納得がいかなかった。あの二人にそんな遺恨があったとは思えなかった。

「警察はどう考えているんですか」

「まだ捜査中ですからはっきりとしたことは申し上げられません。ですから内村さんにもお話を伺えればと」

「米田さんに会わせてもらえませんか」

横で瑞穂が口を開いた。瑞穂も納得がいっていない様子だった。

「お嬢さんは――」

そうか、瀬尾と瑞穂は初対面だ。

「林といいます。私も井川さんと米田さんの家にお邪魔していました」

「私からもお願いします。米田さんに会わせてください」

祐美は頭を下げた。

「現在聴取中です。申し訳ありませんがそれはできません」

「警察はこのまま逮捕するんですか？」

「まだ分かりません。事情聴取と司法解剖が終わって初めて結論が出るでしょう」

「米田さんは末期癌なんです」

「それは聞きました」

「とても警察の取り調べに耐えられるとは思えません」

「ええ、我々も入院を検討しております」

残り短い余生の過ごし方としては余りに残酷だ。

「私は米田さんは嘘をついていると思います」

瑞穂だった。

「米田さんと井川さんは本当に仲が良さそうでした。米田さんは口にはしませんが井川さんの話をするときは本当に楽しそうで——」

瑞穂は泣き出した。

「私もそう思います」

祐美も加勢した。

「私たちには分かります。米田さんが井川さんを殺すなんて有り得ません」

瀬尾は困惑した表情を浮かべた。

「具体的に、仲が良いというのはどういう雰囲気なんでしょうか？」

そう訊かれ言葉に詰まった。言われてみると、祐美と瑞穂は茂と良三が直接話したところを見たことがなかった。常に互いの話が出るため二人の会話を聞いているような気になっていたが、二人が唯一コミュニケーションを取っていたのは絵葉書の中だった。

そしてその中身を私たちは知らない。

「絵葉書です。二人は絵葉書を送り合っていました」

瑞穂が答えた。

「二人は体調が悪くて家からほとんど出ませんでした。だから直接話しているところを見たことはないけれど、絵葉書を送り合っていました」

瑞穂は懸命に瀬尾に伝えようとしていた。

「絵葉書？」

「はい、私がメッセンジャーとなって二人に届けていました」

祐美が引き取った。

「そこには何と？」

「――分かりません」

分からなかった。祐美には分からなかった。

本当に茂が良三を殺したのだろうか。

もしそうであるならば本当に二人は友人だったのだろうか。

8

警察を出ると祐美は瑞穂を車に乗せて茂の家へ戻った。瑞穂の自転車は茂の家に置きっ放しだった。

祐美は呆然としていた。

警察に行って判ったのは紛れもなく茂が自首したという事実だけだった。

その事実に祐美と瑞穂の理解は追いつかなかった。

なぜこんなことに——。

クラクションが鳴った。信号が青に変わっていた。

瑞穂も何も言葉を発しなかった。

もう訳が分からなかった。こんなこと有り得ない。起こり得るはずがない。何かが間違っている。

茂の家までは短く感じた。

主《あるじ》を失った家はどこか寂しげに映った。

この家を見ているとどれほど信じたくなくても感じてしまう、茂の覚悟を。私たちには分からない覚悟を、そうせざるを得なかったのではないかと思わせる覚悟を。

だから祐美は瑞穂を降ろすとすぐにその場を去った。

途中、良三の自宅の前を通った。まだパトカーが停まっていた。祐美は焼け跡の前で車を停めた。

なぜこんなことになってしまったのか。

その焼け跡に問うた。

一体この家で何があったのか。

もしあの日も私がいつも通りこの家を訪問していれば防ぐことができたのだろうか。

食中毒にさえならなければ——。

自分がいつも通り良三の家に行っていれば——。

ふと、邪推した。

私が食中毒になったのは偶然でなかったとしたら。

意図的に茂はあの漬物を私に食べさせたのだとしたら。

あの日、良三の自宅へ祐美が行くと不都合があったのではないか。だからそうならないようあの毒された漬物を祐美に食べさせた。

そしてその不都合とは——。

祐美は首を振った。

有り得ない。そんなこと有り得ない。

だが茂のことが分からなかった。良三のことが分からなかった。

何かを隠されているような気がする。

自分が見てきた、知っていると思っていた茂は、良三は本物だったのだろうか。

少なくとも自分の知っている二人は旧友であり仇敵などではなかった。

しかし——。

考えてみればあの二人は自分より遥かに付き合いが長い。それなのにあの二人の全てを知った気になっていた。

ふと助手席に置いた鞄から白いものが覗いているのに気づいた。

これは。

鞄から取り出す。

それは絵葉書の入った封筒だった。

すっかり忘れていた。そういえば茂が良三に宛てた最後の絵葉書を預かったままだった。結局渡すことのできなかった絵葉書。良三亡き今、この絵葉書はどこへ行き着くのだろう。この絵葉書はどうすればいいのだろう。

——見たい。

その欲は突如頭をもたげた。

二人が何をやり取りしていたのか知りたかった。本当の二人を知りたかった。そこにはもしかしたら憎しみの文言が書かれているのかもしれない。だから二人は私たちに見せなかったのかもしれない。

白い封筒だ。透かしてみるが中は見えなかった。

茂の言葉が蘇る。

——他人の手紙を盗み見るような無粋な真似はするなよ。

それは茂からの警鐘だったのかもしれない。だが、祐美の手は封筒を破いていた。

切れ間から中を覗く。

一枚の絵葉書が入っているのが見えた。

封筒に指を入れ絵葉書を摘まんだ。

祐美は強く目を閉じた。

そして封筒から絵葉書を引き出した。

鼓動が速まるのを感じた。

今ならまだ引き返せる。これを見ることによって自分は二人から大きな裏切りを受けるかもしれない。その覚悟はできているのか。

祐美はゆっくりと目を開けた。

これは——。

そこには見覚えのあるものが描かれていた。

そして脇にメッセージが添えられている。

——あの子から貰った漬物は旨かったか？　私はこれを貰いましたが。　漬け主より
ただそれだけだった。

茂の良三に対する憎悪など微塵《みじん》も描かれていなかった。そこにあるのは何気ない日常

を伝える温かさだけだった。

やはり二人は友人だったのだ。

愚かしいことを勘繰った自分を恥じた。

だが一方で余計に分からなくなった。

それならばなぜ、なぜ茂は――。

思考は束の間だった。

見えた答えに祐美は全身が震えるのを感じた。

手から絵葉書が零れ落ちた。

9

瀬尾が電話を寄越してきたのは翌日だった。

警察は火を放った犯人が茂であると断定したという。灯油の入手経路と行動の裏が取れ、茂の証言と一致したらしい。あの日、ガソリンスタンドで灯油を購入した茂はタクシーで良三の家へ運び引火させたとのことだった。

一方、動機については茂の供述は二転三転しておりどうも要領を得ないらしい。瀬尾はそこの確証を得たいようだった。

「昔の恨みなんて私たちに分かるわけないじゃないですか」

祐美は言い放った。

「ですから些細なことで構いません。何か耳にされていないかと思いまして」

「一切ありません」

祐美は敢えて嫌悪感を出して言った。

「私たちはあの男たちに騙されたんですよ。忘れたいんです。もうこれ以上傷口に塩を塗るような真似は止めてください」

祐美はヒステリックに叫んだ。

私たち――私と瑞穂は茂と良三に裏切られたのだ。そう証言することが茂へ唯一報いることだった。

「だから瑞穂ちゃんにも訊かないでください。あの子は病弱なんです。余計な心労をかけないでください」

犯人が自供している中で、警察も深追いはしないのではないかという考えもあったが念押しした。警察を瑞穂に接触させるわけにはいかなかった。

瀬尾は諦めたようだった。分かりましたと聞こえよがしに溜息をついて電話を切った。

祐美も深く息を吐いた。

――司法解剖の結果、死因は食中毒死でした。胃に残った食べ物から判明しました。米田は眠っているものと勘違いして火をつけたそうです。無駄に自分の手を汚してしまったということです。

さっきの電話で瀬尾はそう言った。それは祐美の想像を裏づけた。

手元の絵葉書を見る。

「病気平癒御守」

黄色い御守りの絵にはそう書かれている。瑞穂が茂にあげた御守りだ。

悲劇的な真実だった。

良三を殺した「真犯人」。

――それは瑞穂。

この絵葉書を祐美に託した時の茂の伝言を思い出す。

――井川に言っておいてくれ。残念だったなと。

何が残念だったのか。

茂と良三は瑞穂を巡って競い合っていたのではないか。

決して下世話な話ではない。瑞穂にしてもらったことをこうして絵葉書に書いて自慢し合っていたのではないか。楽しみの少ない日々の中に突然現れた煌《きらめ》きに、二人の老人が心躍らせている姿は容易に想像できた。

それがあの二人の秘密――。

あの日、茂は瑞穂にも茄子の漬物をあげたのだ。しかし瑞穂は腎臓を患っているためそれを食べることができなかった。瑞穂は茂の厚意を無下に断らず直後に訪問した良三に漬物をあげた。

——あの子は優しい子だ。

あの時、茂は良三からの絵葉書を見てそう言っていた。

恐らくあの日良三から茂に渡った絵葉書には、瑞穂に茄子の漬物を貰ったことが書かれていたのだ。それを読み、始めは瑞穂に裏切られたと思ったのだろう。喜んで持って帰ったかと思えば良三にあげていた。だからあの時茂は不機嫌だったのだ。だがすぐに祐美から塩分を控えていることを知らされ、思わず呟いた。

そして茂は嬉々とする良三に皮肉混じりの絵葉書で「真実」を伝えようとした。

だから祐美が漬物を食べて食中毒になったことを知った時、良三の安否が茂の脳裏を過《よぎ》った。だが良三宅へ駆けつけた時は既に遅く、そこで発見したのは食中毒に冒された良三の亡骸《なきがら》だった。

もし死因が食中毒だと判明すれば瑞穂が背負う十字架はあまりに重い。苦渋の決断だったに違いない。茂は良三の遺体を燃やすことで隠滅しようとした。あの体で灯油を手配し家に撒くのはどれほどの重労働だっただろう。しかし無情にも祐美からの電話で警察を欺《あざむ》くことはできないと分かってしまった。死因が判明するのは時間の問題。茂は警察が捜査を展開する前に片をつけるため自首をした。

警察が瑞穂に接触すれば、瑞穂が真実を知ってしまう危険性が高まる。それを回避するためには、祐美も茂の供述に追随し捜査を終わらせるしかなかった。ここで警察が捜査を止めてくれればあとは時間の問題となるはずだ。

間もなくこの事件は消え去ってゆくのだから、被疑者米田茂の死と共に。

茂は余命を懸けて瑞穂の人生を守ろうとしている。

自分にできることは一つしかない。

この真実を茂と同じく墓場まで持ってゆくのだ。

それしかできない。

瑞穂を守るのだ、茂と共に。

絵葉書はその時になったら茂の棺《ひつぎ》に入れて安心させてやろう。この秘密はあなたと私だけのものなのだと。

それまでの時間が茂にとって穏やかなものであることを、心から祈った。

ジョーカー

1

「本当に申し訳ございませんでした」

篠崎雄太《しのざきゆうた》は不本意ながら腰を直角に折った。すると隣の宮下《みやした》も篠崎に倣《なら》うように頭を下げた。腰の角度が自分より甘い気がした。今すぐどやしつけたい衝動に駆られたが客の手前何とか呑み込んだ。

「いえ、工期が遅れないのであれば大丈夫ですよ」

緒方節子《おがたせつこ》は品のある声で応えた。

「それと――」

「主人には私から言っておきます。大丈夫ですよ、今回はこちらの予定に影響は出ないんですから」

節子は目尻に優しい皺《しわ》を浮かべた。

そう言うが節子の夫である緒方純次《じゅんじ》の渋面が浮かんだ。一代でこの界隈の介護事業の大家となった男だ。良くも悪くも自己中心的で節子が言うほど簡単には済まない気がした。

だが――。

時計を見る。もう既に十五時を回っていた。これ以上ここにいる時間はない。それに緒方に直接謝罪ができなければ事態は進捗しない。今できることはもうない。

篠崎は節子の言葉に甘え、宮下と共に辞去することにした。

「本当に申し訳ございませんでした」

最後にもう一度そう言うと篠崎と宮下は緒方園を後にした。

緒方純次の妻、節子から連絡が入ったのは昨日の夕方だった。

どうも主人の考えている建物とは違う気がする。耳を疑う一報に篠崎はすぐさま緒方園の担当である入社五年目の部下、宮下を呼びつけた。

埼玉県南を中心に介護事業を手がける緒方園は篠崎の勤める金澤《かなざわ》ホーム川口支店の大口顧客であり、今回は介護施設の増設を受注していた。大きい案件ではあったが篠崎は担当の宮下に一任していた。

確認すると、宮下は発注ミスというあまりに初歩的なミスを犯していた。

金澤ホームでは建物の組立を可能な限り自社工場で行い、現場での作業工程を最低限にすることで工事のスピード化を図っていた。

その作業の流れとしてまず初めに支店の担当者が顧客と打ち合わせを行い、簡易的な建物の図面を作成する。そして支店長の承認を経て設計部へ図面が飛ぶ。設計部では支店から飛ばされた図面に基づき建築基準法に則《のっと》った正式な設計図を作成する。その後、建築確認等の手続きを行い支店より工場へ資材の発注をかけるのだ。

この図面を引く作業は営業の力の見せどころと言えた。顧客の希望に添い、かつ会社に利益をもたらす建築物をイメージしながら交渉を重ねていく。建築基準法も間に挟まるため着地点を見つけるのはベテランであっても一筋縄ではいかない。図面が当初から大幅に変更されることなど日常茶飯事だった。

ところが宮下は過《あやま》って建築確認の済んだ図面ではなく、初期の打ち合わせ段階の図面の資材を工場へ発注してしまっていた。

有り得ない。「二度目だぞ」思わず宮下の胸ぐらを摑《つか》んでいた。

宮下は二年前にも同じミスを緒方園で犯していた。その時は工期が延長され、緒方園の介護施設の開業が当初の予定より遅れてしまった。緒方は開業遅延の損失の賠償を口角泡を飛ばし主張した。当時の支店長が緒方を巧く宥《なだ》めて事なきを得たが、裁判沙汰へ発展しかねないトラブルだった。

前科があることから今回の一報は支店長の大川《おおかわ》、そして篠崎を大きく震えさせた。不幸中の幸いだったのが緒方が東北へ出張中で二日後の土曜まで帰ってこないということだった。恐らく節子も緒方の癇癪《かんしゃく》持ちを分かっていて、敢えて夫の帰宅を待つことなく金澤ホームへ連絡をしてきたのだろう。

緒方が戻ってくるまでに解決せねばならない。木曜からの二日で建物を解体し再構築するのは不可能だったが、せめて資材の手配は完了させ工期を遅延させることだけは避けねばならない。

「工場の人間がゴネたら俺に代われ」

大川は血走った目で静岡工場への再発注を篠崎に命じた。関東の支店の資材は大半が静岡の藤枝にある工場で製造されている。

そこへ至急対応を依頼せねばならないのだが、それは篠崎にとって可能であれば避けたいものだった。

あいつ——関口昌平《せきぐちしょうへい》に頭を下げる。

考えるだけで全身を掻《か》き毟《むし》りたくなる。しかしそんなことを言っていられる状況ではない。宮下を部下に持ったことを呪った。

オンライン上で正式な発注書を静岡工場へ飛ばすと篠崎は電話を取った。

「再発注ですか」

電話口の声は呆れ返っていた。

「申し訳ない」

それだけ言うのが精一杯だった。

「それも明後日《あさって》までに」

「すまない」

「無茶苦茶だ」

関口の口調が挑発的になった。

「無理は承知の上だ……」

「こっちはお前らだけを相手にしているんじゃない」

この程度の至急対応など決して珍しい話ではないはずだ。それは拒絶というより篠崎をいたぶって楽しんでいるように聞こえた。こいつを説得しようとするだけ無駄だ。

「無理だと言われたら支店長が代われと言っている」

篠崎はジョーカーを切った。

関口が一瞬息を呑むのが分かった。

「腐った支店だな」

苦々しく吐き捨てた。課長が支店長に逆らうことなど有り得ない。それだけでなく大川は金澤ホームで悪名が高い。パワハラの権化のような男にさすがに関わりたくなかったのだろう。関口は受話器を叩き切ったのだった。

そして一夜明けた今日、緒方園を訪れ工期を遅延させないことを節子に告げたのだった。まだ緒方本人には報告できていないが、彼が発注ミスを知る前に工期遅延を防げたという点では前回よりもマシだ。

ただ一つ気がかりなのは会社に実損を出すということだった。既に発注済の資材が無駄になる。それは宮下のミスだが篠崎の管理責任も問われる。

この大事な時期につまらぬ傷がついてしまった。

「おい、急げ、俺は十六時十五分までに本社へ行かなきゃいけないんだ」

屈辱も重なり怒りは募っていた。篠崎は諸悪の根源である運転席の宮下を怒鳴りつけた。

「は、はい」

車が急激にスピードを上げた。

支店に着くなり大川に報告をした。着任する前の出来事であったが過去に緒方園で同様のトラブルを起こしたことは大川も知っている。工期遅延を防ぐことができて大川も少しは安堵《あんど》するところがあったのだろう。篠崎が本社へ選考を受けに行く旨を告げると、「今日は直帰して構わない」とらしくないことを口にした。

篠崎はデスクの周りを片づけ、パソコンをシャットダウンすると自分の車へ駆け込んだ。

腕時計に目をやると「15：49」を指していた。時間がない。

エンジンをかけるとスピーカーから英語が流れだす。シンガポール行きを希望してから車内でのリスニングを自らに課していた。元々学生の頃から英語が得意で大学時代にはニューヨークへ留学したこともある。英語力には自信があった。

シンガポール行きの切符は俺が手にすることになる。

これまでの営業実績、支店長の評価、そして語学力。全てを勘案した時、それは確信へと変わった。

遂に同期の出世競争から一気に抜け出すことができる。今回の事業は金澤ホームにおける目玉事業だ。華の海外事業部。安直だがそんな言葉が浮かぶ。同期だけではなく、その立ち位置は社内で一目置かれるものとなるだろう。

これが俺の実力だ。

父親の忌々しい顔に心中で唾を吐いた。

篠崎の実家は地元で有名なドラッグストアを経営する一族だった。祖父が創業し父親の代でチェーン展開に成功し、瞬《また》く間に県内一のドラッグストアへと成長した。五歳上に兄がいたことから篠崎自身会社を継ぐつもりはなかった。そもそも生まれた時から敷かれているレールになど乗りたくもなかった。だから親の期待を一身に受け進んでいく兄を憐れむと同時に軽蔑していた。所詮親の七光り。俺は自分の力で生きていくのだ。

その想いを口にしたことはなかったが、毎日顔を合わせていれば嫌でも伝わってしまうものなのだろう。次第に家の中で篠崎の存在は浮いていった。

大学に入ると篠崎は起業の準備を始めた。一代であのドラッグストアよりもでかくしてみせる。そのために貪欲に行動したつもりだった。ノウハウと人脈を求めて、本を読み漁り、セミナーやワークショップにも積極的に参加した。ニューヨークへの留学も知見を広げることが目的だった。日々の中に確かな充実感があった。それがまがい物だとその時は気づかなかった。

大学三年の秋になると企業のホームページを作成する会社を立ち上げた。既に父親の会社へ入っていた兄を嘲笑《あざわら》った。俺はあんたとは違う。

だが凋落《ちょうらく》は早かった。自分の実力を早く誇示したい、そんな焦りがあったのかもしれない。社会で戦うにはあまりに未熟だった。半年過ぎた辺りから経営に翳《かげ》りが見え、一年を過ぎた時資金繰りが破綻した。親父にできたことがなぜ自分にできない。悔しさよりも情けなさが先に立った。一方で兄は順調に後継者の道を歩んでいた。あれほど馬鹿にしていた兄が眩しく見えた。

周囲の大学の同級生は就職先が決まり、残りの学生生活を謳歌《おうか》していた。己の実力を見誤ったのではないか。俺は経営者の器ではない、一年前にはおよそ存在しなかった弱気が顔を覗かせた。

間もなく卒業を迎える。俺はどうやって生きていくのだ。

自信を喪失していた時に手を差し伸べてきたのは皮肉にも父親だった。「話をつけておいた」そういって金澤ホームの内定を伝えてきたのだ。父親の会社はドラッグストアの建築を全て金澤ホームに発注していた。父親はその上客の立場を利用し息子の内定を捻《ね》じ込んだようだった。

だが篠崎には分かっていた。父親は自分を憐れんだ訳ではない。寧《むし》ろ恥さらしでしかなかっただろう。自分の息子が就職先の決まらぬまま大学を卒業するなど、我慢ならないことだったに違いない。

それが垣間見えただけに篠崎は素直に入社を受け入れられなかったが、他に選択肢はなかった。このレールに乗れば安泰だ。そんな囁《ささや》きが聞こえた。

結局父親に抗うことなく篠崎は金澤ホームに入社した。

会社員生活は屈辱からの始まりだった。同期の間では篠崎がコネ入社であるのが既に噂になっていた。篠崎が彼らに馴染めればそんなことで関係が拗《こじ》れることもなかったのかもしれない。しかしプライドが邪魔をした。俺はお前たちとは違うのだ。だがそれはどんなに叫んだところで虚しく響くばかりだった。結局は自分の実力を見せつけることでしか証明できない。ここにきて父親に従うしかなかった自分を恥じた。なぜあそこで屈してしまったのか。

父親を、そして同期を見返す。それからは血眼になって仕事に没頭した。後先考えずに目の前の案件を取りに行った。強欲だった。同僚とは幾度も衝突した。誰よりも早く出世し、やがては社長へ上り詰めてやる。入社してしばらくは横一線であったが、数年して篠崎は社内で最高の売上を記録した。歩合制の金澤ホームにおいて売上実績は即ち人格だ。発言力も給与も大きく変わってくる。周囲の畏怖するような眼差しは快感だった。だが喜んだのも束の間、次年度に一人の同期がトップに躍り出た。それが関口昌平だった。単年度における史上最高売上額というおまけ付きだった。篠崎は唇を噛んだ。その時初めて関口を意識した。

関口より先に昇格する。以後、それを使命として自らに課した。俺こそが最速で上がる。だが常に関口の実績は篠崎の上を行った。

この男は一体何者なのだ。同期との間に壁を作っていた篠崎にとって、関口は得体の知れぬ不気味な存在に映った。研修等で顔を合わせることはあったが碌に言葉を交わした記憶はなかった。

このままでは関口に先を越される。そう危機感を募らせていた矢先だった。三年ほど前だ。関口が静岡工場へ転勤となった。まさかの人事異動だった。会社の稼ぎ頭をなぜ最前線から引かせるのか。その理由は間もなく噂で発覚した。

関口の実弟が覚せい剤の密輸で捕まったということだった。予想外の理由に当時強い衝撃を受けたのを覚えている。関口は今まで通りの営業はできないと自ら一線から退いたという話だった。だが篠崎は好敵手の自滅に納得がいかなかった。捕まったのが関口の実弟であることを知らない者は、その麻薬犯と関口を結びつけることはないのではないか。一体なぜ営業活動に支障をきたすというのか。関口の身の引き方は周囲の同情を買うためのパフォーマンスとさえ映った。

それほど大きく報道はされなかったが、ネットで検索すると該当する記事が出てきた。海外出張先で手に入れた覚せい剤を国内に持ち込もうとして、税関で見つかったと記載されていたように記憶している。自滅というところに物足りなさはあったがこれで自分の地位は確立された。かつてのライバルを軽く憐れんだが、自分にはトップへ成り上がるという野望がある。決して気を緩めることなく仕事に心血を注いだ。

だが関口は入社七年目を迎えた一年半前に篠崎より先に課長へ昇格した。花形の営業ではなく工場勤務ではあったが自分より先に昇格したのは事実だった。

篠崎には不遇な境遇に同情しただけの人事にしか思えなかった。

怒りが湧いた。そんな判官贔屓《はんがんびいき》の人事は認めない。

三ヶ月後に同期で関口に次いで篠崎は課長に昇格したが、忸怩《じくじ》たる思いは消えなかった。そこへ雪辱のチャンスが巡ってきた。それがこの海外事業部だった。

金澤ホームはハウスメーカー業界では中堅どころであるが、近年は介護施設、商業施設といった派生分野に力を入れ、業績を伸ばしていた。そして創立六十年を迎える二年後に初の海外拠点をシンガポールに置くことを決めた。

その発足メンバーの募集がかけられたのが半年前だった。数年前から水面下で進められていたらしいが、今般、海外事業部準備室が正式に発足し、現地に赴くメンバーの募集がかけられたのだった。資格は課長職以上であることと上席者の推薦のみだった。篠崎は迷わずエントリーした。

ここで差をつけてやる。そう勇んで海外事業部の説明会のために本社へ出向くと目を見張った。その席には関口がいた。当然と言えば当然かもしれない。あれだけの実力を持つ男が自ら身を引いたとはいえ、今のポジションに満足しているとは思えなかった。このシンガポールでの事業を足掛かりに一気に駆け上がるつもりなのではないか。

営業の一線から退いても俺は死んだわけじゃない。その思いで不遇の日々を過ごしているのではないか。

会場を見渡した。そこにいるエントリー者の中で篠崎と関口が最年少に見えた。それ以外は部長以上の年代に見える。

「頑張ろうな」

そう言って関口は篠崎の肩に手を置いてきた。言葉とは裏腹に卑しく口角を上げた笑みに蔑《さげす》むものを感じた。負けるのはお前だ、そう言っているようだった。

募集要項の最後に補足でこうあった。

――課長職は一人まで。

それはつまり二人が同時に選抜されることはないのを示している。選ばれたとしてもそれは俺か関口のどちらかだけ。――お前はまた俺に負けるのだ。言外に関口の挑発を感じた。

決してこの男に負けることなど許されない。沸々《ふつふつ》と怒りにも似た感情が湧き上がった。関口が難敵であるのは間違いなかったが勝算はあった。今期も堅調に売上実績を伸ばしている。これまでの実績も申し分なく、支店長の大川からの強い推薦もある。

大抵こうした人事は選考試験よりも実績と上席者のコネクションで決定する。この会社で九年近く働いていればそれくらい常識だ。関口の能力は認めるが工場勤務の男にここで敗れ去ることなど有り得なかった。

ましてや自分は語学力という大きな武器がある。今回の選考は筆記試験、面接、そしてTOEICの点数並びに英語での面接によって行われる。前回受けたTOEICでは、碌に勉強などしていなかったが、八〇〇点を叩き出していた。

選考は先月から赤羽《あかばね》の本社で始まっていた。既に筆記試験と面接が行われている。それらは型にはまった内容であり、やはりこの選考試験は形式的なものであるように思われた。

今日が最終試験の英語面接だった。集合場所と試験時間、そして直近のTOEICの受験結果を持参することが伝えられていた。篠崎の集合時間は十六時十五分、試験は十六時半から。

本社に着き車を降りると、身が引き締まった。今日の結果次第で一年後の勤務地が大きく変わる可能性がある。それだけではない。今後のキャリアを大きく左右する。この英語面接の比重は大して高くないと踏んではいたが、失態は許されない。

本社入口で社員証をかざすと自動ドアが開かれた。

集合場所では人事部の森尾《もりお》が一人で仕切っていた。森尾は以前高崎支店にいた時の先輩だった。優秀な営業であったが篠崎が追い抜くのにそれほど時間はかからなかった。人事部は出世コースではあるが、実力の劣る先輩に選考をされるというのも皮肉な話だと思った。

案内された部屋には他に待機している者はいなかった。

「頑張れよ」

森尾は人の好い笑みを浮かべた。当時から何も変わっていない。エースと目されながら、後輩の篠崎が自分より成績を挙げていっても森尾の態度はいつも柔らかかった。それが顧客に好かれる所以《ゆえん》なのだろうが、篠崎からすれば押しの弱さと映ることがあった。

「ありがとうございます」

素直に礼を言った。

時間が来て面接会場へ案内された。ノックをして入ると横長の机の向こうに五人の男が座っており手前に椅子が置かれていた。就職面接を思い出した。面接官は五人、左端の大柄な男は人事部長の井田《いだ》だった。エリート街道を踏み外すことなく歩んでおり、将来の役員確定とも噂される。直接関わったことはないが社内では名の通った男だ。右側の二人は森《もり》と畠山《はたけやま》だ。海外事業部準備室の室長と副室長だ。

そして真ん中にどこから連れてきたのか二人の外国人が座っている。東南アジア系の濃い顔立ちだ。

「よろしくお願い致します」

篠崎は挨拶をすると椅子に腰をかけた。

すると外国人の一人が何か言葉を発した。しかし一瞬何を言ったのか聞き取れなかった。二人が「フォン」「リー」というお互いの名前を名乗ったのだと分かった時に気づいた。シンガポールは英語圏だが多民族国家だ。「シングリッシュ」という独特の訛《なま》りがあると聞いたことがある。その英語は篠崎が知るものとやや異なり、リスニングには苦労したが的確に答えを返していった。

そして最後の質問に答え終わると会場を出た。体感では数分の出来事だったが意外にも四十分が経過していた。自分で思っている以上に集中力を研《と》ぎ澄ませていたようだ。全身に疲労を感じた。

選考結果は一週間後に支店長宛てに送付される。

本社を出ると篠崎は両手を突き上げ大きく伸びをした。

緒方園の一件もあり今日は肉体的にも精神的にもハードな一日だった。疲労感からか珍しく喉がビールを欲していた。今日が金曜であることも篠崎の背中を押した。

普段は飲み歩くようなタイプではない。支店の同僚らはよく仕事終わりに飲みに行っていたが、篠崎にはプライベートまで会社の人間と時間を共にするなど考えられなかった。接待以外で会社の人間と酒の席を共にしたことはない。飲みの席で上司に愛想を振りまくなど実力のない者のやることだと軽蔑していた。誘いを断り続けた結果、最早同僚から声がかかることもなくなり、飲みたくなった時は自宅マンション近くの居酒屋で一人ビールを嗜《たしな》んでいた。

大川からも直帰の許可を得ている。パワハラで何度か人事に訴えられたことのある大川だったが、篠崎の実力には一目置いている。また部下が海外事業部へ着任するのが自らに箔《はく》をつけることになると考えているのか、ここのところ大川は篠崎に対し甘い顔をする場面が目立っていた。

冬至が近づいていることもあり陽は既に落ちていたがまだ十七時過ぎだ。篠崎の頭にある和食屋が浮かんだ。以前テレビで特集されていた和食屋だ。本社から車で十分くらい走ったところにある。ずっと行きたいと思っていたのだがいつも満席だった。だがこの時間なら入れる可能性が高い。帰りは運転代行でマンションのある板橋まで帰ればいい。あそこからならそう料金もかからないはずだ。

そうして篠崎は目論見通り十七時半に「大和屋《やまとや》」の席に着いたのだった。

2

胸ポケットに震動を感じた。ジョッキ二杯分ビールを含んでいたが、篠崎はその震え方に気が重くなった。業務用の携帯電話には碌な連絡が来ない。

「何だよ」

着信画面に表示された発信者を見て思わず毒づいた。

——大川倫之《のりゆき》。

気づかぬふりをしようとしたが、アルコールが入っていたこともあり気が大きくなっていた。

「はい、篠崎です」

「俺だ」

数時間前とは打って変わって不機嫌な声が応えた。

「緒方さんが呼んでいる」

緒方が？

帰ってくるのは明日じゃないのか。

「雪を警戒して今日帰って来たらしい」

大川は篠崎の心を読んだかのように言った。

「奥さんから話を聞いて怒り心頭だ。さっき宮下に電話がかかってきた」

大川の声も怒りで震えていた。

「今すぐ先方へ謝りに行ってこい。宮下には先に行かせている。二十分で篠崎も行くと伝えさせてある。工期は間に合うと説明してあるが、そういう問題じゃないと取りつく島もない。まあ二回目だから当然だな」

まるで他人事《ひとごと》のような口振りだった。

腕時計を見る。間もなく十八時四十分になろうとしていた。大川の悪意を感じた。直帰していたら今頃篠崎は家にいてもおかしくはない。そして篠崎の住むマンションから緒方園はどう急いでも三十分はかかる。ここからだって同じくらいかかるはずだ。間に合わないのを分かっていて無理な約束を取りつけた。時代錯誤な「指導」と揶揄《やゆ》される大川のやり口だ。火に油を注ぐだけだとなぜ分からないのか。

ましてや飲酒までしてしまっている。運転代行が来るまでの時間も要する。間に合うはずがない。

「二十分では間に合い――」

最後まで言い切る前に大川は一方的に電話を切った。酔いが一瞬で醒めていくのが分かった。心臓が早鐘を打っている。大川に理屈など通用しない。

すぐさまスマートフォンで運転代行を探し電話をかけた。

「はい、富士《ふじ》代行サービスです」

「運転代行をお願いしたいのですが」

「ありがとうございます。どちらまででしょうか」

篠崎は「大和屋」の名を告げた。

「今からですと二十分くらいお待ちいただくことになりそうですが、よろしいでしょうか」

「そんなに？」

「ええ、金曜日で混んでるんですよ」

「でしたら結構です」

篠崎は早口で言うと切った。

クソッ。

別のところへもかけたが似たような回答だった。

この時間がもったいない。

三社目を検索している時にそう思った。時計を見る。はっきりと長針と短針を捉えることができた。

　大丈夫だ。

　アルコールで鈍った頭は自らを、車の運転席へ向かわせていた。

3

　すぐ顔は赤くなるが逆に引いていくスピードも早かった。緒方園へ着く頃には白い不健康な顔色を取り戻していることだろう。警察に引っかからなければ大丈夫だ。大川に対する恐怖がふらつく足にアクセルを踏ませた。大丈夫。人通りの少ない道を通れば大丈夫だ。

　時計を見る。秒針が時を刻んでいた。どう足搔《あが》いても間に合いそうになかった。篠崎は右手でハンドルを握りながら左手で胸ポケットから業務用の携帯電話を取り出し、宮下の電話を呼び出した。

「はい」

　蚊の鳴くような声が応答した。一気に怒りが噴出した。

「なんで俺が行かなきゃならない」

「すみません」

　今にも泣きだしそうだ。

「今どこにいる」

「緒方園の前で課長をお待ちするように支店長から――」

「お前が先に入っていろ。緒方さんを待たせるとまずい」

緒方と金澤ホーム川口支店は長い付き合いだが、いまだにその取扱いには難儀していた。気が短く怒り出したら収拾がつかなくなる性格から、歴代の担当者は腫物に触るように扱ってきた。正直、篠崎も極力関わりたくなかった。宮下に体よく厄介払いをしたというのが本音だった。

「いいか、先に入って平謝りしておけ。俺は今向かっていると言え。本社で会議があって緊急で向かっていると」

「ですが――」

「つべこべ言うな」

情けない声を出す部下に腹が立った。

「担当者はお前だろ。俺が行くのは体裁を整えるためなんだよ。一人で何とかしてみろ」

自分がヒートアップしていくのを感じた。

「いや、でも支店長は――」

「いいから言う通りに――」

鈍い音と共に強い衝撃を感じた。反射的にブレーキを踏んだ。何だ。これまで運転していて感じたことのない衝撃だった。全身から汗が噴き出した。電話口から宮下の声がしたが切った。

サイドミラーを見る。

何かが道に転がっている。

ギアをバックに入れた。ゆっくりアクセルを踏み元来た道を戻った。

ミラーではっきりと物体を捉えると篠崎は車を停め飛び降りた。

人だ。

人が倒れている。瞬時に自らの過ちを察した。

人を撥《は》ねた。

まずい。

真っ先に逃げることが頭を過《よぎ》った。顔は見られていない。車だってこの薄闇じゃ車種を特定するのが精一杯だろう。だがすぐに理性が働いた。助けなければ。命を落とすようなことがあれば一大事だ。

「大丈夫ですか」

倒れていたのはスーツ姿の男だった。コートを羽織っている。

「うっ」

男は顔を伏せたまま呻《うめ》いた。良かった。意識はあるようだ。

「歩けますか」

篠崎は男の体を起こした。

「大丈夫です」

男が顔を上げた。

ハッとした。

「関口」

男の目が篠崎を捉えた。弱々しかった男の目も見開かれた。

男は信じられないことに関口昌平だった。

「どうしてここに――」

そうか、こいつも今日、本社で英語面接だったのだ。

「実家がそこなんだよ」

関口はぶっきらぼうに答えた。

「大丈夫か、関口」

「大丈夫だ」

関口は篠崎の腕を振り払った。

「病院へ行こう」

「大丈夫だ」

「でも――」

「飲酒運転がばれたくなかったらさっさと去ってくれ」

その言葉で我に返った。

「俺は大丈夫だから、さっさと逃げろ」

怒気を含んでいた。

「いや——」

「さっさと行け」

そう言うと関口は自力で立ち上がった。

「じゃあな」

関口は篠崎に背を向けて歩き出した。

「関口」

呼びかけに応答しない。

「どこまで行くんだ、送っていく」

「馬鹿言うな、俺まで捕まっちまう。家はすぐそこだ」

「関口」

「安心しろ、誰にも言わないからよ」

篠崎はどうしていいか分からず立ち尽くしていた。振り返る素振りもなかった。——さっさと行け。背中がそう語っていた。関口は角を曲がり、その姿が見えなくなった。

時計を見た。十九時を指している。急がねば。もう善悪が分からなくなっていた。今は緒方園へ向かうことこそが正しい選択なのだ。車のボンネットを見ると特に目立った外傷はなかった。道も大通りを一本入った場所だった。人に見られた気配もない。口の前に手を翳《かざ》し自分の呼気を嗅いだ。アルコールが臭った。関口はこれで飲酒運転と分かったのだろう。

篠崎は道端の自動販売機で水を買い、一気に飲み干すと車へ乗り込んだ。

「時間も守れないのか」

緒方の呆れ果てた声が篠崎を迎えた。篠崎が着いたのは十九時半前だった。緒方は禿《とく》頭《とう》のてっぺんまで真っ赤にし、体を震わせていた。それこそ飲酒したかのようだった。

「申し訳ございません」

篠崎は立ったまま頭を下げた。その声は小さくなった。恐縮していた訳ではない。アルコールを嗅ぎつけられることを恐れていた。

視界の隅では椅子に座った宮下が華奢《きゃしゃ》な体を一層縮ませ震えていた。

「二回目だぞ。前回のことを裁判にかけたっていいんだ。大体お前みたいな若い奴が上司だからこんなことになるんじゃないのか」

「本当に申し訳ございません」

篠崎は再び頭を深く下げた。

「もうこっちは動き出しているんだ。新しい入居者の募集も始まっている。新しい職員も採用が決まっている。予定通り工事を終わらせられなかったらどうしてくれる。どれだけの損失が出ると思う。俺は遊びでやっているんじゃねえんだよ」

「資材はもう手配しております。必ず工期は守ります。本当に申し訳ございません」

早急に手配すると言った関口の言葉に縋《すが》った。しかし本当に大丈夫だろうか。自力で歩いてはいたが車に撥ねられたのだ。仕事に支障をきたしやしないだろうか。手配が遅れると全てが滞る。

現時点で既に様々な部署との間に軋轢《あつれき》を生んでいた。しかしもう一度頭を下げねばならないかもしれない。

「必ず間に合わせますので、この通りです」

篠崎は膝に付かんばかりの勢いで頭を下げた。一刻も早くこの場を去りたかった。非難から逃れたいのもそうだが、何よりも今は飲酒運転発覚のリスクが頭を離れなかった。

「絶対に間に合わせろよ。間に合わなかったときは覚悟しろよ」

「承知いたしました。本当に申し訳ございません」

「帰れ」

緒方は吐き捨てた。

4

翌朝、目覚めると同時に昨晩のことが思い出された。

あの後支店へ電話したが大川は既に退社していた。なんと無責任な男だろう。怒りを抱えたまま宮下と別れると、慎重にハンドルを握り関口を轢《ひ》いた現場へ戻った。事故の痕跡が残っていないか不安だった。犯罪者は現場へ戻るというがその心理を理解した。現場は本社から車で十分ほどのところで仕事で何度か通ったことのある道だった。

薄明るい電灯に照らされた道は先ほどと何も変わっていないように見えた。警察が来ていたらなどと考えていたが杞憂《きゆう》だったようだ。僅かばかり胸をなでおろした。

そして、何か痕跡が残っていやしないかと周囲も見回したがこの暗い状況では何も分からなかった。

人通りがないとはいえ、長居するのは危険な気がした。篠崎は足早にその場を去ったのだった。

起き上がるなりテレビを点《つ》けた。目を皿のようにして見ていたが、その報道が流れることはなかった。やはり気にし過ぎなのだ。確かに関口を撥ねたが怪我を負わせたわけではない。関口の去り際の足取りを思い返しても大した接触ではなかったのだ。絶対に発覚することはない。そう言い聞かせたが不安が取り除かれることはなかった。

篠崎の足は駐車場へ向かっていた。そこにある車は、いつもと同じように見えた。だが近づいた時に焦りを覚えた。昨夜は暗かったため気づかなかったが、目を凝《こ》らすと僅かに凹みがあり擦れた痕も残っていた。これはまずい。修理に出さねば——。そう思ったがそれはできなかった。この車は私用での利用を黙認されてはいるが、本来営業車として会社から貸与されているものだ。あくまでも所有者は会社だ。個人的に修理に出すことはできない。

現場はどうなっている。夜が明け道路についた急ブレーキの痕が発見されていたら——。

篠崎は車へ乗り込み現場へ向かった。

現場近くのコンビニに駐車すると歩いて向かった。昨晩と変わらず人気《ひとけ》はほとんどない。現場へ続く角を曲がった。

そこは篠崎の不安とは対照的にただ黒いアスファルトが伸びているだけだった。関口を撥ねた場所へ歩を進めた。事故の痕跡のようなものは見受けられなかった。

考えすぎだ。

現場の様子から事故が発覚することはない。

しかし——。

関口の顔が思い返された。あいつだけは知っている。今一番弱みを握られたくない男に最大の弱みを握られてしまった。関口が昨晩のことを明らかにすれば会社は調査に乗り出すだろう。車に衝突の痕がある以上警察の目を欺《あざむ》くことはできない。もしそうなればシンガポールどころの話でなくなる。逮捕され、懲戒免職は間違いない。人生の歯車が狂いだす。

クソッ。そもそもなぜタクシーを使わなかったのか。車を置いていくという選択肢もあったはずだ。あの時は焦りのあまり全く頭に思い浮かばなかった。

――安心しろ、誰にも言わないからよ。

関口の言葉が蘇った。その言葉は全く信用ならなかった。関口に今回のことを他言しないメリットがどこにある。同期ではあるが決してそこに情が介入するような間柄ではない。ましてや今、シンガポール行きの切符を懸けて争っている相手だ。目障りな存在でしかないはずだ。ここで篠崎が脱落すれば関口が選ばれる可能性は一気に広がる。もし、自分が逆の立場だったらどうだろう。劣勢に立っている状況で敵の弱みを握っている。自分だったら迷わずそのジョーカーを切るだろう。

黙っている保証などどこにもない。寧ろ黙っている理由がない。

あいつは俺をいたぶって楽しもうとしているのではないだろうか。

怖れとも怒りともつかぬものが、篠崎を侵し始めた。

5

月曜を迎えたが依然として事故が報道されることはなかった。もう関口の口以外からあの事故が発覚することはない、そう思ってもいいのではないか。

つまりあいつさえ黙っていてくれれば飲酒運転と事故の事実は闇に葬られる。

あいつさえ黙っていてくれれば――。

八時に出勤すると大川の罵声を浴びながら宮下と共に金曜の顚末《てんまつ》を報告した。大川の一方的な叱責を、ただ立ちつくし神妙な面持ちをすることで何とかやり過ごした。ようやく自分の席に着いた時には九時になろうとしていた。

パソコンにログインしメールを確認した。

受信ボックスに一件メールが入っていた。

――差出人　関口昌平。

篠崎は息を吞んだ。

関口からメールが来ている――。

あの時のことだ――。

即座にそう考えた。

だが件名は「再発注の件」となっていた。胸を撫で下ろした。受信日が金曜の日付になっている。時刻は「15：45」。篠崎が本社へ向かうため支店を出た頃だ。あの時は時間に追われて気づかなかったようだ。

――只今資材の発注を完了致しました。

――資材の加工は工期に間に合うよう、工場のオペレーションと作業員のシフトを組換え対応いたします。異例対応です。

――静岡工場　関東課　課長　関口昌平。

木曜に再発注した資材調達の進捗報告だった。やけに丁寧な文章に関口の悪意を感じ取った。

これは改めて謝意を伝えておいた方がいいかもしれない。普段であれば到底有り得ない思考だった。

とにかく、何か関口へ連絡をする理由がほしかった。今一度口止めがしたかった。そして関口の本心を確かめたかった。

しかし電話をしたところでどう切り出すべきか。関口の告発に怯《おび》えていることを覚《さと》られたら余計不利に立たされるのではないか。様々な憂慮が錯綜《さくそう》した。

だが篠崎は意を決して受話器を取り、メールの最後に記載された内線番号をプッシュした。

コール音が鳴る。

一回、二回、三回――。

なかなか出なかった。もしかしたら関口はこの間の事故で出勤できないほどの怪我を負ったのではないか。

一瞬懸念が過った後、コールが途切れた。

「静岡工場、関東課、関口です」

篠崎は言葉が出てこなかった。どこかで安堵していた。関口は無事だった。

「もしもし」

関口の声には言葉を発しない相手に対する苛立ちが含まれていた。

どう切り出せばいい。

「もしもし」

「――俺だ、篠崎だ」

「何だ？」

拍子抜けするほど冷めていた。

「メ、メールを確認した。無理を言ってすまなかった」

慎重に言葉を選んだ。関口の感情を害してはならない。

「川口支店は前も同じことがあったからな。こっちも二回目とあれば慣れたものだ」

その皮肉を篠崎は黙って受け流すことしかできなかった。

「それだけか」

あまりに事務的な応対だ。これは俺を試しているのか。関口の思惑が分からなかった。

しかしこのまま煮え切らない状態ではいられなかった。一瞬の逡巡《しゅんじゅん》の後に篠崎は切り出した。

「この間はすまなかった」

少しの間があった。

「何のことだ」

変わらぬ口調だった。惚《とぼ》けているのか？

「金曜のことだ」

「俺は何も知らない」

こいつは俺の無様さを楽しんでいやがる。屈辱だったが、今は関口からはっきりした回答を得たかった。

「本当に申し訳なく思っている。許してくれ」

周囲に聞こえないよう受話器を手で覆った。

「だから一体何の話だ」

「言わないでくれ。頼む、黙っていてくれ」

プライドを捨て懇願していた。

「これ以上、その話をするな」

突如関口が語気を強めた。

「黙っていてほしいなら、お前もこれ以上その話をするな」

なぜか怒りがこもっているように聞こえた。

「安心しろ、お前とは正々堂々勝負したい。あんなことでケチをつけるつもりはない」

関口は一転、落ちついた声で言った。妙に説得力があったが真意が読めなかった。だが今の篠崎にはそれが関口の情に感じられた。

「ありがとう」

知らぬ間に目が潤んでいた。

電話は切られていた。

切れた後もしばらく篠崎は受話器を握っていた。まだ全身が強張《こわば》っていた。

信じていいのだろうか。

本当に関口を信じていいのだろうか。

だが何ができるわけでもなかった。

ただ関口の言葉を信じる他に今の自分にできることはない。

しかし、自分が逆の立場だったら、もし俺が関口の弱みを握っていたら——。間違いなく利用する。これまでもそうだった。利用できるものは躊躇《ためら》うことなく利用してきた。周囲との軋轢も多かったが負け犬の遠吠えだと思っていた。この支店にも篠崎のことをよく思っていない人間が少なくないのは自覚している。

今回の実損事故も周りと上手くやっていれば、いくら支店の営業成績から減点されるとしてももう少し慰めもあっただろう。期末の追い込みをかけるこの時期に事故が起こり、よりによって篠崎が関わっていたことは同僚の士気を下げるのに十分だったようだ。周囲との溝はより一層深まっていた。

関口はどうだろう。あいつも営業にいた頃は突出した成績を残していた。篠崎には分かる。あれだけの実績を挙げるのは単純な営業スキルだけでは不可能だ。他を圧倒し羨望の眼差しを浴びたい、そういう強い自己顕示欲のない者には残せない。他人の犠牲などその欲の前には霞《かす》む。

俺たちはあらゆる手段を使って前へ出ようとする。それだけに正々堂々と勝負したいという関口の言葉はどうも腑に落ちないものがあった。

あいつはそんな全《まっと》うな人間じゃない。

あいつは必ず告発する。そう考えると、居ても立ってもいられなかった。

篠崎は営業フロアの居心地の悪さも相まって自分の車を見に行った。一体あれから何度確認しただろうか。これくらいの傷ならば――。そう思ったが、関口に事故を暴かれれば十分な証拠になり得る。

不安を拭い去ることはできないのは分かっていた。しかしこの状態ではどうせ仕事も手につかない。篠崎は再び車を現場へ走らせた。

だがそこは土曜日に見た時と何も変わっていなかった。当然か。

篠崎は周囲を見回した。最近は街の至る所にカメラが付いている。だがそれらしきものを見つけることはできなかった。

こんなに自分は追い詰められているのに、世界中であの事故のことを気にしている人間は自分一人だけと思うとどこか滑稽に感じられた。

他に何かできることはないだろうか。

篠崎は支店へ帰るとパソコンで人事部の森尾のデスクの電話番号を探した。

苦肉の策だった。仮に関口が人事部へ告発するとしたら早い段階でするだろうと考えた。今週の金曜日には支店長宛てに選考結果が送られる。時間が経てば経つほど人事部が事故の事実確認をする時間がなくなる。もし告発するのであれば早い方がいい。

関口が告発すればすぐさま人事部全体で共有されるはずだ。森尾にも間違いなく伝わる。人の好い森尾だ。もしその情報を知っていたら篠崎からの電話に動揺を隠し切れないだろう。

篠崎は迷いを捨てボタンをプッシュした。

「はい人事部、森尾です」

一コールもしないうちに温和な声が応えた。

「川口支店の篠崎です」

「おう、篠崎か」

やや声が高揚したように思われた。

「金曜はお疲れだったな」

選考する側とされる側という立場を思い出したのだろう。そこで言葉を止めた。

「どうもありがとうございました」

篠崎も継ぐべき言葉を探していた。

「選考が気になるか」

森尾が篠崎を慮《おもんぱか》るように言った。

「ええ、まあ」

篠崎はその優しさに甘え肯定した。

「いつも強気のお前がらしくないこと言うな」

森尾が笑った。

「いや、まあ」

曖昧に濁すことしかできなかった。

「でも、お前の実力は皆知っているからな。いい線行くと思うぞ」

そう言う以上は篠崎の悪報はまだ森尾の耳に入っていないのだろうか？

「それにしてもお前たちは凄いな、因縁のライバルだな」

森尾が冗談めかして言った。それが関口のことを言っているのは分かった。かつての先輩後輩だ。篠崎と関口が互いを意識しているのは森尾もよく知っている。

「そんなんじゃありませんよ」

関口の話題を振られ、まだ関口が人事部へは告発していないことを確信した。

「余計な電話をしてすみませんでした」

これ以上用件はなかった。

「おう、こっちは選考で忙しいものでね」

「よろしくお願いします」

「じゃ」

そう言うと森尾は電話を切った。

篠崎は椅子に深く沈み込んだ。良かった。不審な電話だったかもしれないが、関口は今のところ本当に黙っているようだ。

だが安心はできなかった。

正々堂々勝負したいという言葉と、篠崎の頭に浮かぶ関口の下卑《げび》た笑みは決してリンクしなかった。

飲酒運転の挙句に人身事故という最大のジョーカーを関口はいつ切るのか。

得体の知れぬ不気味さは膨らんでいくばかりだった。

6

それから疑心暗鬼の日々が続いた。

朝は今にも警察がやって来るのではないかという不安で目覚めた。

出社すれば他の社員が自分のことを噂している気がした。

大川に呼ばれれば遂に発覚してしまったかと胃を痛くした。

居心地の悪い時間が過ぎていき、一週間碌に眠れないまま金曜を迎えていた。

朝から気が気でなかった。今日全てが分かる。大川の口から告げられるのはシンガポール行きか、それとも——。関口の卑しい顔が浮かぶ。もしかしたら今日俺は警察に連行されるのではないか。

馬鹿げている。考えすぎだ。

他の社員も今日が選考の発表日だというのを知っているせいか、いつにも増して周囲とのコミュニケーションが歪《いびつ》になっていた。

大川に呼ばれたのは昼過ぎだった。

空腹を感じるはずもなく、篠崎はその時自席で顧客向けの提案書を作成していた。

「篠崎！」

大川は営業フロア出入口付近から篠崎を呼んだ。他の社員も勘づいたはずだが、皆自分の手元から視線を上げようとしなかった。

もう少し気を遣えよ。

大声で篠崎を呼ぶ神経に僅かに怒りを覚えた。

大川は顎で支店長応接室を示すと営業フロアから出ていった。その偉ぶった態度はいつものことであり、そこから選考結果を察するのは難しかった。

篠崎は営業フロアを出て支店長応接室の扉を開けた。

「座れ」

そう言うと大川はソファにふんぞり返るように座った。その表情は渋い。篠崎は緊張した。この応接室から出るとき自分は一体何を手にしているのだろうか。

篠崎も向かいのソファに座った。

「結果が届いた」

大川は単刀直入に切り出した。

「はい」

自ずと背筋が伸び拳を握り締めていた。

大川が篠崎の目を見据えた。

「今回は見送りだ」

一瞬意味が分からなかった。

見送り？

見送りとは一体——。

「今回は希望に添えないとのことだ」

そのはっきりとしない回答に苛立った。

「不合格ということですか？」

「そうだ」

そんな——。

「なぜですか？」

思わず言葉が漏れていた。

「厳正なる選考の結果だ」

大川は突き放すように言った。

大川にとっても自分の部下を派遣できず、名を揚げられなかった苛立ちがあるのだろう。切り捨てるような口調だった。

「俺の顔に泥を塗りやがって」

大川が声を震わせた。

「俺がどれほど推薦してやったと思っている。工場の人間に出し抜かれるとは本当に情けない」

篠崎に衝撃が走った。

「関口ですか」

「そうだ。お前の同期だ。営業が工場の人間に負けるとは情けない限りだ」

あいつに負けた。

あいつが工場にいる間に俺がどれほどこの会社に利益をもたらしてきたか。貢献度でいえば絶対に負けているはずがなかった。

それなのに――。

関口の勝ち誇った顔が浮かんだ。忸怩たる思いだった。

チクッたか。

やはり関口は俺が飲酒運転をしたことを人事に告発したのではないか。

しかし、もしそうだとしたら大川が知らないはずがない。

篠崎は目の前の大川を見た。

それはただ怒りを含んだ目だった。それ以上の感情をそこから汲み取ることはできなかった。

「申し訳ありません」

そう声を絞り出すのがやっとだった。

今回のシンガポール行きで俺は関口に大きく後れを取ることとなった。

ただそれだけが現実だった。

だが果たして本当にそれだけなのだろうか――。

7

営業フロアへ戻ると誰も篠崎と目を合わせようとしなかった。支店長応接室へ呼ばれた時点で選考結果が篠崎に伝えられたことが察せられたのだろう。

篠崎の様子から合否を測ろうとしているようだった。

篠崎は椅子に崩れ落ちた。

関口に負けた。正々堂々勝負した結果――。

あいつには確信があったのだろうか。

俺に負けない確信があったのだろうか。

今頃笑い転げているに違いない。篠崎は唇を噛んだ。

その時内線が鳴った。

「はい、篠崎です」

力ない声で応えた。

「人事部の森尾さんよりお電話です」

森尾から——。

「お電話代わりました、篠崎です」

「おう森尾だ。もう聞いたよな」

森尾の声は寄り添うように優しかった。

「はい」

「残念だったな。俺も結構お前を推したんだけどな。力が及ばなかった。申し訳ない」

篠崎には真似できない森尾らしい気遣いだった。その口調は篠崎の飲酒運転を知っているようには思えなかった。

「いえ、ありがとうございます」

「大分揉めたよ、関口かお前かで。二人の実力は伯仲している。入社以来、実績を挙げ続けている二人だ。特に最近は関口が工場へ行ったことでお前がより目立っていた。色々揉めたけど今回は関口への期待も込めてということだ」

「そうですか」

「関口も随分頑張ってたみたいでな。弟の事件があって工場へ行ったけど、やっぱり燻《くすぶ》ってたものはあったみたいだ。あいつシンガポール行くために相当英語勉強したらしい。入社の時よりTOEICが四百点以上上がっててな、実を言うとお前より点数が良かった。英語面接も上々の出来だったみたいだ。元々能力も高いし、それだけ気概があるなら挽回のチャンスをあげようってことでな」

選考の内情を話してくれるのも森尾の優しさなのだろうが、関口を褒められるのは気分が悪かった。

「もちろんお前も良かったよ。でも今うちは成長期だ。エースが日本からいなくなっちまったら安心して海外事業もやってられないってことだよ」

「そうですか、わざわざありがとうございます」

ただそれだけしか言えなかった。

「どうだ、今日一杯やらないか、奢《おご》ってやるよ」

「そんな、大丈夫ですよ」

慰められると惨めさが増す。余計なことはしないでくれ。

「まあ遠慮するな。仕事早めに切り上げろよ。大和屋って言ってな、早めに行かないと入れないからな」

珍しく強引な森尾に観念した。

「分かりました」

篠崎がそう言うと森尾は「後で」と電話を切った。

大和屋か――。

一週間前の夜が思い出される。状況から察するにあの夜のことは選考には関係なさそうだ。そうすると緒方園の実損事故が影響したのか。森尾は関口の実力と言っていたが、あの一件で経歴に傷がついたのかもしれない。

クソッ。

宮下を張り倒してやりたかった。

お前のせいで——。その宮下は篠崎の前の席で電話片手にペコペコ頭を下げている。

そして関口にその失態を知られているということも腹が立った。

あいつはあの実損事故で勝利を確信したのではないか。再発注した際の電話越しの声を思い出すだけで虫酸《むしず》が走った。

クソッ。

その時タイミングよくパソコンの画面上に「関口昌平」という文字が現れた。メールを受信したらしい。タイミングを計って送ってきたとしか思えなかった。

この野郎——。

件名は前回同様「再発注の件」となっている。

——本日発送致します。

——静岡工場　関東課　課長　関口昌平。

ただそれだけだった。

クソッ。

関口の余裕を感じ苛立った。忌々しく見えて仕方なかった。

削除。

迷わず消した。

すると一週間前の関口からのメールも視界に入った。

削除。

クリックしようとした時だった。

違和感を覚えた。

何だこの感覚は――。何かがおかしい。

一体何だ――。

画面を眺めていて目が留まった。

「15:45」

それはメールの受信時刻だった。

あの日関口は本社で英語面接だったはずだが、恐らく緒方園の対応に追われ試験時間に間に合う新幹線の直前まで静岡工場にいたのだろう。

篠崎はインターネットで乗換検索のページを開いた。

静岡工場の最寄駅は藤枝だ。十六時頃に出たとして、早くとも赤羽に着くのは十八時過ぎだ。そこから歩いて本社まで十分はかかる。

どういうことだ。

関口を撥ねたのは十九時だった。

十八時半から面接だったとして終わるのは十九時十分頃。正に面接中ではないか。

一体どういうことなんだ。

もう一度頭の中で時間軸を整理した。何か勘違いしていないか。丁寧に時間を積み上げていくが、やはり出来上がったのは違和感の塊だった。何かがおかしい、何かが――。

焦《じ》れったかった。

もどかしさがあったが今日は森尾から早く仕事を切り上げるように言われている。今のこの敗北感も忘れてしまいたかった。

日中は仕事に集中した。

それでも大川の目を気にして支店を後にしたのは十九時を過ぎていた。

電話で今から向かう旨を森尾に伝えると篠崎は車に乗り込んだ。

何か分かるかもしれない。どうせ通り道だ。篠崎はあの事故現場を通ることにした。

暗い夜道だ。現場近くへ来るとゆっくりと進んだ。

その時、道路を男が横切った。篠崎はブレーキを踏んだ。

先週もこれくらい注意して走っていれば関口を撥ねることは――。

今、目の前を歩く男を見てハッとした。

「関口――」

目の前を歩くのは先週と同じく関口昌平だった。何たる偶然だ。違ったのはスウェットにダウンジャケットというラフな格好をしている点だった。指には煙草を挟んでいる。スーツ姿の雰囲気とは凡《およ》そ違っていた。

そして関口と目が合った。ここで逸《そ》らしたら負けだ。しかし関口は一瞬篠崎に目を留めたがそのまま進行方向を向いた。様子がおかしかった。

ちょっと待てよ。なぜこいつがここにいる。さっき静岡工場から俺にメールを寄越してきたではないか。会社を休んでいるわけではない。では一体なぜここに——。

「おい」

篠崎は窓を開け関口に呼びかけた。

「ああ?」

あまりに柄の悪い返答だった。

「何でここにいるんだ?」

「はあ?」

関口が近づいてきた。

「何だよ、お前」

因縁をつけるような口振りだ。一体何なんだこの態度は。

「おめでとう」

意味の分からぬ関口の態度を、篠崎は祝福することで宥《なだ》めようとした。

「は?」

その時、篠崎は覚った。

違う、こいつは関口じゃない。そして瞬時に全てのピースが正しい位置に嵌《は》まっていった。

「関口さん、ですか？」

「そうだよ、なんなんだよお前」

「お兄さんにお世話になっています」

そう言って篠崎は窓を閉めアクセルを踏んだ。

そういうことか――。

なぜ関口は篠崎の飲酒運転を告発しなかったのか。

そしてなぜあの時間にここにいたのか。

数年前に見たネット記事を思い出す。関口の実弟が捕まり、営業がしづらくなると聞いた時、篠崎は疑問を抱いた。関口という苗字はそれほど珍しいわけではない。覚せい剤で捕まった男と関口昌平を結びつける人間はいないのではないか。だがさっきの男を見て分かった。あの男は関口と同じ顔をしていた。だが関口昌平ではない。関口は一卵性双生児だったのだ。身内から犯罪者が出ただけでなくその犯罪者と同じ顔で営業をする。どこに事実を知っている人間がいるか分からない中で、それは大きな足枷《あしかせ》だったに違いない。だから自ら身を引いた。

篠崎はゆっくりと道を進み角を曲がったところで車を停めた。

スマートフォンを取り出した。「覚せい剤　関口」そう入力し検索をかけるとトップに現れた記事をクリックした。

——警視庁は覚せい剤を密輸したとして七日、覚せい剤取締法違反の疑いで、会社員・関口広大《こうだい》容疑者（二七）を逮捕した。

捜査関係者によると、関口容疑者が出張先のシンガポールでシンガポール国籍の男より入手した覚せい剤を密輸しようとしたところを税関で発見されたとのこと。

簡易的な記事でそれ以上のことは分からなかった。

だが年齢を計算すると、自分や関口と同年齢だ。

間違いない。

関口は実弟を面接に出席させていたのだ。替玉だ。それだけでない。TOEICの試験さえも実弟に受けさせていたのではないか。所詮、本人確認など顔写真を一瞥《いちべつ》するだけだ。初見の人間の目を欺くのはそう難しいことではないだろう。今回の面接にしても日頃会うことのない本部の人間が相手だ。まさか目の前の人間が替玉だなどと思いもしないだろう。

関口の実弟は海外出張をし、シンガポール国籍の男から覚せい剤を入手していた。英語が堪能であっても不思議はない。

だから関口は告発しなかったのだ。

飲酒運転をしていた篠崎に撥ねられたことを告発すれば選考はより有利になったはずだ。だがそれはできなかった。篠崎に轢かれたその時間、正に関口昌平は本社で面接を受けていたはずなのだから。

クソッ。

真相を覚っても逆転する術《すべ》はなかった。

替玉が発覚したら関口も黙っていないだろう。その時は篠崎も道連れだ。

状況証拠は揃っていた。

森尾に聞けば最後のピースが揃うだろう。

あの日、関口の面接は何時から何時まで行われていたのか。

しかしその答えを聞いたところで何も変えることはできない。

一方で安堵していた。関口は替玉を使った以上、篠崎の飲酒運転と人身事故を告発することはできない。

俺は落選と引換えにジョーカーを手にしたのだ。

見ていろ。

必ずここから逆転してみせる。

怒りとも悔しさともつかぬ感情を燃やし、篠崎は手の中のスマートフォンを強く握りしめた。

約束

1

プチッ。

乾いた音と共に靴紐を結ぶ右手から抵抗が消えた。

不吉だな。

右手に残る靴紐の切れ端に竹内《たけうち》奨治《しょうじ》は僅かに胸騒ぎを覚えた。劣化しただけだ、そう言い聞かせるが元来神経質な質《たち》だ。一々こうしたことが引っかかってしまう。

「タイムカプセル埋めよう！」

その懸念のさなか、能天気な発言が耳に入ってきた。声の主は二年生マネージャーの宮島《みやじま》つかさだった。

「タイムカプセル？」

同期の二年生戸川《とがわ》聡《さとし》が怪訝《けげん》な顔をした。部員らは皆練習に向けて駅伝部の部室で着替えや準備をしている最中だった。

「そうです。皆で埋めて何年後かに掘り返すんです。私のアイディアなんですよ」

隣で一年生マネージャーの橋田《はしだ》優子《ゆうこ》が得意げに言った。女子が二人しかいないせいか、優子とつかさは姉妹のように仲が良かった。

「統廃合記念じゃないけど、私たちがここにいたんだっていう証拠を未来に残すの」

つかさが柄にもなくしみじみとした口調で言った。奨治の通う深津《ふかつ》高校は片田舎にある公立高校だ。かつては近隣の町から生徒が集まる学校だったが、地域の過疎化が進み今では全校生徒が百五十人程度にまで減っていた。そして来年度をもって近隣の高校に統合されることが決まっていた。

「いいじゃん、それ」

調子の良い聡はすぐにその話に乗っかった。

「そうでしょ」

つかさは満足げだ。

「何埋めよっかな」

聡は早くも思案顔をしている。

「私はもう入れるもの決めてるんですよ」

優子が言うと、「俺はどうしようかな」という別の部員の声が聞こえた。

「それよりもさ、まずは大会だろ」

奨治は諭すように言った。奨治にとっては特段魅力を感じる話ではなかった。今一番大事なのは目の前のこのチームで走る最後の大会だ。彼らも「最後だ」と盛り上がってはいたが、どこかお祭り感覚のようなところがあり、そこに本気度は感じられなかった。何かのタイミングで皆に話さねばと感じていたが、今がその時のようだ。

「分かってるって、そんなこと」

聡が軽くいなした。まともに取り合う気がないように見えた。

「いいか、大会まであと一ヶ月半しかないんだ」

部員らは何を当たり前のことをといわんばかりにシラケ顔をしている。これがこの部の弱さであり、奨治が相容《あいい》れない面であった。全く緊張感がない。

「このままで優勝できるのか?」

その言葉に部員らは押し黙った。この期に及んでも真剣になっているのは俺だけなのか。分かりきっていたことだったが、いざこうして態度に出されるとやるせない。

「お前は真面目過ぎるんだよ。俺たちポテンシャル高いんだから何とかなるって」

ポテンシャルだけだろ、聡の言葉に心の中で呟いた。確かに入部した当初は刺激を受けるくらいに同期のレベルの高さを感じていた。後輩たちの素質にも目を瞠《みは》るものがあった。努力次第で強豪校にも打ち勝てる、それは夢ではなく明確な目標として奨治の中に常に存在していた。

だが所詮素質だけだ。玉磨かざれば光なし。

「それで今までどうだった?」

「今までは今まで。俺たちは成長過程にあったわけ。今度の大会では俺たちの集大成を見せつけてやるよ」

その言葉が絵空事であることは自分たちがよく分かっているはずだ。入部以来どんな小さな大会でも優勝はおろか入賞したことすらないではないか。壁に数枚の表彰状が額に入れられ飾られているが、色褪《いろあ》せて最早《もはや》化石となっている。一緒に収められている写真はモノクロだ。

「まあ、いいんじゃない」

奨治の不満げな表情を見て仲裁に入ったのはキャプテンの堺啓介《さかいけいすけ》だった。啓介は良くも悪くも平和主義で何事も穏便に済まそうとする。橋渡し役には適任なのかもしれないがアスリートに不可欠な闘争心を感じたことはなかった。

「そういうイベントを通じてチームワークが一層強固になるかもしれないし」

「でしょ」

つかさが文句あるかとばかりに奨治を見た。

「埋めるのは別に構わないさ。でもさ、適当にやってた部活を俺たち頑張ったよな、みたいな美談にはしたくない。そうじゃないか?」

奨治は真剣な眼差しを皆に向けた。この部には負け癖がついている。それは入部以来ずっと覚えている苛立ちだった。

「もう今回が最後なんだ。これが深津高校の名で出場する最後の大会なんだ」

地域の小規模な大会ではあったがモチベーションとしては十分ではなかろうか。奨治は必死に訴えかけた。

「だからさ、まず考えるべきは大会であり練習のことだろ？　もう時間がないんだ」

大会は三月の上旬だ。あと六週間を切っている。

「皆してるじゃない」

つかさが反発した。

「足りないって言ってるんだ。俺は優勝したいんだ」

再び皆は押し黙った。

「そうだな。奨治の言う通りだ」

沈黙を破ったのは啓介だった。

「今回の大会は深津高校駅伝部として走る最後の大会だ。皆優勝しようぜ」

あまりに軽い翻意だった。

「ただ、そのためにも一体感を強める意味で良いんじゃないか？　別に埋めたいもの持ってきて埋めるだけだ。大した負担じゃないだろ？」

結局そこに行きつくわけか。

「そうよ。別に良いじゃない」

つかさが加勢する。

「別にタイムカプセルに反対しているわけじゃない。それに見合うだけのことをしようって言っているんだ」

「確かに、それはそうだな」

啓介が部員の方へ向き直った。

「奨治の言う通りだ。皆頑張ろうぜ。もっと練習して優勝しようぜ」

啓介の軽さが逆に良かったのかもしれない。部室が昂揚《こうよう》するのを感じた。まだその気概には半信半疑だったが何かしらの変化は起こせたようだ。

「でも練習に集中するためタイムカプセルを埋めるのは大会の後にしよう。準備だけしておいてさ、優勝記念で埋めるんだ」

「おう、キャプテンさすが。そうしようぜ、優勝記念だ」

聡が威勢の良い声を上げる。

「な、それならいいだろ？　毎日それを見て優勝を誓うんだ」

他の者も異論はなさそうだ。これ以上、苦言を呈して立場を悪くするのも損な気がした。

「そうしよう」

奨治は了承した。

そうして翌々日、つかさが段ボール箱を抱えて部室に入ってきた。練習終わりで皆パイプ椅子にもたれかかっていた。

「皆さん、見てください。タイムカプセルです」

姿を現した銀色のドラム缶状の物体に部員らから歓声が上がった。高さ四十センチ程度だろうか。思っていた以上の大きさだった。

「これを皆で埋めます」

鮮やかに反射するそれは、この寂れた部室の中で異質な存在に映った。奨治も心なしか胸の高鳴りを覚えた。

「結構大きいんだな」

啓介が感想を漏らす。

「そりゃそうよ、皆のを全部入れるんだから」

部員らはそれぞれ大小様々な紙袋を持って来ていた。昨日啓介から埋めるものを準備するように言われていたのだ。紙袋にマジックで名前を書き、カプセルに次々と収めていく。

啓介が最後の一つを入れ、つかさが蓋を閉じるとどよめきが起こった。

そしてつかさがカプセルの表面にマジックで大きく「優勝」という文字を書いた。その横にカラーマジックで絵を描いていく。愛嬌のあるコメディタッチの達磨《だるま》が現れた。

「つかさ先輩上手ですね」

優子が尊敬の眼差しを向ける。

「でしょ」

そして最後に左目に黒目を入れた。

「いい？　優勝したらこっちの目にも黒目入れるからね」

そう言って右目を指した。

「なるほど」

聡が頷《うなず》く。ついでに願掛けまでしようということか。

「さ、これで準備万端ってわけだ。いいか、皆——」

啓介が部員一人ずつと目を合わせていく。最後に奨治と目が合った。

「絶対優勝するぞ」

狭い部室を喊声《かんせい》が震わせた。

※

流星群のようだ。

きらめく光が次々と窓の後ろへ流れていくさまにそんなことを思います。

いつもの帰省の景色のはずが、どういうわけかいつも以上にきらびやかなのです。

今日はサークルの送別会があると誘われていたのですが、断ってこの新幹線に乗りました。きっと皆は今頃、後輩たちと盛り上がっているることでしょう。とても楽しそうでうらやましく思います。大学の四年間という時間を共に過ごした仲間たちです。当然皆と過ごしたい気持ちはありました。あと二週間後には各々新たな場所での時間が動き出します。それは楽しみでもあり、悲しくもあります。

卒業。

短い言葉ですがとても高貴に切なく響きます。もう何度も経験しているはずなのにいつまでたっても慣れることはなく、常に心に痛みを伴います。それまで当たり前のように共にいた仲間がどこか遠くへ行ってしまう、そんな寂しさにおそわれるのです。

新たな場所へ行けばそれはそれで素敵な時間が始まる、そんなことは分かっているのですが不安は尽きません。果たして社会で生きていけるのだろうか。新たな仲間たちと上手《うま》くやっていけるのだろうか。社会人として活躍していけるのだろうか。そんな不安はきっと誰もが抱えていることでしょう。

だからこそ社会に出る前に、学生でいるうちに最後に分かち合いたかった。

でも今日だけは行けません。五年前の約束があるからです。高校時代の仲間とのタイムカプセルの約束が。皆はもう着いているのでしょうか。今頃どこで何をし、どんな気持ちでいるのでしょうか。

景色の流れが次第にゆっくりになっていきます。

どうやら駅が近づいているようです。

2

アスファルトを駆け降りると冬の桜並木に出た。枝だけの寂しい景色だが数百メートル続くこの道は均整が取れていて好きな景色だった。春を迎え満開になればそれは壮観だ。去年初めて見た時は自ずとオーバーペースになるほどだった。しかし今年はその景色を見られそうにない。

統廃合後の高校には近くにこんなコースないだろうな。あと何度この道を走れるだろうか。

そんなことを考えていると昂《たか》ぶる感情のせいか奨治は足の回転が速くなっていくのを感じた。「オーバーワークに気をつけろよ」啓介の言葉が頭の中で警鐘を鳴らすが、それは甘えだ。元々奨治にとって練習は苦ではなかった。こうして身体に負荷をかければかけるほど自分が強くなっていく気がした。オーバーワークなどという言葉は自分とは無縁のものだと思っていた。それに今は部員らに練習量の足りなさを自覚させねばならなかった。彼らの元々の能力は奨治も認めている。逆にその才能をなぜ磨く気になれないのか甚《はなは》だ疑問だった。努力次第では必ず勝てる。だが生半可な練習ではいけない。短い期間でそれを成し遂げるためには甘えなど言語道断だ。

徐々にペースを上げていくがまだまだスピードは出そうな気がした。本番をイメージすると尚更だった。

並木を抜けてカーブを走り切ると校門を通過し二周目に入った。

少しすると喫茶店パルミエのヤシの木が見えてきた。

絶対に勝つのだ、絶対に。

特別自分が血の気の多い人間だとは思わない。だが自ら落伍者《らくごしゃ》になるようなみっともないことはプライドが許さなかった。やって駄目だったらそれまでだ。けれどもやる前から投げ出すようなことができるか。俺がこのチームを優勝させ――。

刹那《せつな》、左足の付け根に衝撃が走った。何が起こったのか分からなかった。体がバランスを崩した。そして奨治はその場に倒れ込んだ。

何だ、一体。

嫌な予感が頭を過《よぎ》った。

立ち上がろうとしたが左足に力が入らなかった。何とか立ち上がり足を踏みだそうとした時、激痛が走った。再び奨治はその場に倒れた。

「どうした」

背後で声がした。啓介だった。その後ろから聡が走ってくる。

「分から――ない。足が、痛い」

呼吸が荒く言葉が途切れ途切れになる。

「歩けるか?」

「――無理」

本能的に分かった。学校まで歩くのは無理だ。

「聡、宮島先生を呼んできてくれ」

啓介が指示した。後を走っていた後輩部員らも異変に気づき集まってきた。

「分かった」

聡が学校までの道を駆けていった。

「肉離れだね」

眼鏡を掛けた老医はよくあることだと言わんばかりに宣告した。だがそれは奨治にとって受け入れがたい診断だった。

「どうすれば走れますか？」

「まあ、しばらく安静でしょう」

「どれくらいですか？　来月には大会があるんです」

「来月か。残念ながら難しいかもしれないね。これくらいだと普通完治まで一、二ヶ月かかるから」

藁《わら》にも縋《すが》る思いで聞いたのだが老医には伝わらなかったようだ。大会まで五週間しかない。あまりにあっさりと希望を絶たれた。

「何かありませんか。早く治す方法とか」

付き添いで来ていた駅伝部顧問の宮島美智子《みちこ》が奨治の気持ちを汲み取って言った。

「一に安静、二に安静。とにかく安静ですな」

この役立たず。奨治は内心で毒づいた。

暗澹《あんたん》たる気持ちで整形外科を出ると、外は陽が落ちており余計に気を滅入《めい》らせた。一体どうしたらいい。

「大丈夫だって」

車に乗り込むと美智子が明るい声で言った。

「だってあと五週間しかないんですよ。治ったとしても練習してなかったら勝てるわけがない」

悲観的な言葉が口を衝《つ》く。神様はなんて非情なのだろう。なぜこのタイミングで怪我などしなければならないのか。

「これまでの貯金があるじゃない。誰よりも練習してきたんでしょ。つかさが言っていたわよ」

美智子はつかさの母親だった。そんな話をするあたり、つかさも多少は気持ちを入れ替えたのかもしれない。

「そんなもの一週間もすれば借金になっちゃいますよ」

「もう諦めるの？」

美智子が急に責めるような口調になった。つかさの母親だけあってやはり気が強い。

「私もあんまり皆を見られてないからこんなこと言う権利ないかもしれないけど——」

美智子は学校で保健体育の教諭を務めるほか、複数の運動部の顧問を兼任していた。そのため、あまり指導らしい指導を受けた記憶はないが面倒見が良く部員からの人気は高かった。

「こんなことで諦めてたらこの先何でも諦める癖がついちゃうわよ。ましてや自分たちで立てた目標なんでしょ。自分で決めたこともできないんじゃ——」

その先を言うのは教師としての立場が思い止《とど》まらせたのだろう。気づかぬうちに自分が負け犬になりかけていたことに気づかされた。それだけは決して認めたくない。だが――。

「こんな足じゃ――」

口から漏れたのは弱音だった。それほどにショックは大きかった。

「駅伝はチームスポーツでしょ。竹内君がここで諦めたら皆も諦めなくちゃいけないじゃない」

駅伝部は三年生が引退した今、二人の女子マネージャーを除いて二年生三人、一年生四人の計七人しかいなかった。今度の大会は七区間を走る。もし奨治が辞退すれば人数が不足するということだ。

「だから諦めちゃ駄目よ」

「でもどうしたらいいんですか？　先生は治ると思っているんですか？」

言うは易く行うは難《かた》しだ。軽はずみな激励は無責任にしか思えなかった。

「治るんじゃない、治すの」

ところが美智子の口から飛び出したのは埃《ほこり》まみれの根性論だった。

「イメージするのよ」

「イメージ？」

「そう、イメージトレーニングよ。人間の力って凄いのよ。イメージだけで癌《がん》を克服した例だってあるんだから。腫瘍を撃退するイメージや治った自分を想像するの。自己暗示をかけるのよ」

「そんなんで治るわけないじゃないですか」

保健体育教師としての知識なのかもしれないが、あまりに現実離れしているように聞こえた。

「治るわ。本気で信じるのよ。本当に本当に本気で信じるの。自己暗示をかけるのよ。筋肉の炎症とかにも有効なの。だから肉離れだって絶対に治せるわ」

さっきから美智子が否定的な言葉を一切吐かないのは、奨治の意識を完治の方向へコントロールしようとしているからなのだろうか。

「とにかくさ、もうできることなんてそんなにないの。そうやって嘆いていたって何も変わらないわ」

「でも――」

「皆で走るんでしょ。最後に深津高校駅伝部の名を刻むんでしょ」

そんなこと言っただろうか。

「だったらさ、私を信じてみない？」

ここからはなじみのある電車へ乗り換えです。

※

新幹線を降り深津行きの駅のホームへ行くと、同じく卒業式を終えたばかりと思われるスーツや着物姿の学生が見受けられます。名前も知りませんがこれから共に社会へ歩み出す仲間であろう彼らにシンパシーを感じずにはいられません。

その姿に思わずこれまでの四年間を振り返ってしまいます。色々と大変でしたが本当に大切な時間でした。授業、試験勉強、サークル。仲間との大切な時間でした。これまで当たり前のように毎日顔を合わせていましたが、それが当たり前でなくなることにただただ寂しさを覚えます。周りの大学生も残りの時間を少しでも楽しいものにしようとするかのように大きな笑い声を上げています。

3

チクリという微弱な刺激を左足の付け根に感じた。何をされているのかは何となく分かる。直接見ると気分が悪くなりそうだったので目を閉じていた。それに美智子からも言われている。

——瞑想するのよ。

あの後学校へ帰ると、いつ買ったのか真新しい専門書を片手に奨治に説明しだした。まず目を瞑《つむ》って。そして深呼吸。肉離れを完治させた自分を想像して。そして大会で区間ベストを更新して優勝するの。

区間ベスト更新。それは奨治の目標と重なった。だが、こんな足で実現できるのだろうか。半信半疑だったが、美智子に言われると妙な説得力があり頼もしかった。

——治療の時はね。

肉離れしている箇所をイメージして。目を瞑ると神経が研《と》ぎ澄まされるから。

確かに鍼《はり》を何本も刺されているがそれらの箇所一つ一つが目に見えるように分かる。

そして今やっている治療がジワジワ効いてくるところをイメージ。鍼に電気が流され、左足に僅かな痺れを感じた。電気の刺激が筋肉をマッサージし、血流が促されていく。頼りない老医が施していることを除けばそれをイメージするのはそれほど難しくはなかった。

最後に自分を信じなさい。自分の回復力をね。美智子はいつになく真剣な口調で言うのだった。

俺の回復力。

これまでの弛《たゆ》まぬ鍛錬で得た体力には自信があった。

まさしく今、俺は回復している、復活している。いや、より強くなっている。

体の奥底から熱くなっていくのを感じた。

俺は良くなっているのだ。確実に、そして驚くべきスピードで。

※

ところで皆が深津で顔を合わせるのはいつ以来でしょうか。町に残った人、出た人それぞれで思い返せばあれから全員が深津で揃ったことはなかったように思います。つまりタイムカプセルを埋めて以来ということ。思わず感慨にふけります。当時は遠い未来に感じていた日が遂に訪れたのです。久しぶりの再会はまた当時の部室のようににぎやかになるのでしょうか。懐かしく切ない感情が生まれてきます。

乾いた音を立てて電車がホームへ滑り込んできました。あと少しです。早く皆に会いたい。

久しぶりの再会に胸が高鳴ります。

4

「俺チーズケーキ」

「私も」

「俺も」

「私はミルフィーユにします」

それぞれが口々に注文をしていく。

「いいの？　大会前にお菓子食べて」

店主の妻、大久保真弓《おおくぼまゆみ》はそう言いながら注文を紙に書いていく。

「毎週木曜日にパルミエに来るのは最早、当部のルーティーンですからね」

聡が真面目腐って言ったが、事実こうして週に一回練習後に部員全員で来るのが定番になっていた。リーズナブルで高校生にとってはほどよい贅沢《ぜいたく》だった。

「まあ、うちとしてはありがたいんだけど」

「気分転換も重要ですから」

啓介もフォローしたが、どうしてもそれが甘さに思えてしまう。

「そうですよ。他の時間はもう死に物狂いですから」

つかさが拳を握って言った。

「まだまだ足りないけどな」

今の練習量で満足しているようでは優勝などできない。そんな思いから言葉が奨治の口を衝いて出た。

「あのさ、いちいち意識高い発言しないでもらえますか？　息抜きもできないようじゃ大会前にストレスでどうにかなっちゃうわ」

つかさが顔を顰《しか》めた。

「この男、今日も来ないって言ってたんですよ。何か女々《めめ》しくないですか。怪我して走れないからって雰囲気悪くしないでよね」

確かに来るべきでないと思っていた。息抜きにはなるかもしれないが、それすらも禁じることで更なる意識改革を図りたかった。だがあまり極端なことを続けると反発を招きかねない。

「別にそういう訳じゃない。俺はただ優勝したいだけだ」

「私もです」

「だったら——」

「本当に仲の良いこと」

真弓が微笑《ほほえ》んだ。

「茶化さないでください」

やってられないとばかりにつかさが溜息をついた。

その様子に皆が笑った。

「ところでね、真弓さん、ちょっと頼みたいことがあって」

打って変わって笑みを浮かべながらつかさが切り出した。

「何よ、聞けるものと聞けないものがあるわよ」

そう言いながらも真弓は楽しそうだ。

「私たちタイムカプセルを埋めることにしたんです」

「タイムカプセル?」

「はい、学校がなくなっちゃうから記念に」

「違うよ、優勝記念だ。俺たち優勝目指してますから」

つかさの言葉を聡が調子良く訂正した。

「そうでした、優勝記念でした」

「いいわね、青春って感じで。私たちも全力で応援するわ」

「だけど一つ問題があるんです」

「問題?」

そこからはキャプテンとしての責任感なのか啓介が引き受けた。

「そうです、埋める場所です。本当は学校の校庭とかに埋めたかったんですけど、統廃合されちゃうといつどうなるか分からないじゃないですか?」

「まあ確かにね」

「それでお二人にお願いできないかなって——」

皆で話し合った結果だった。候補はいくつかあった。桜並木の下、近くの公園、部員の家の庭なんていうのもあった。意見は割れたが最終的につかさの猛烈なプッシュでパルミエにお願いすることに決まったのだった。

「うち?」

真弓が目を丸くした。

「うちって言ったってどこに？」

「あのヤシの木の下に」

「えっあそこ？」

「そうです、ここなら安心だって満場一致でした」

つかさも続いた。

「そうねえ、ちょっと主人に聞いてみないと――」

厨房《ちゅうぼう》の方を振り返る。真弓の夫、満《みつる》が真剣な表情で何やら作っている。

「お願いします」

つかさが頭を下げた。皆それに倣《なら》った。

「ま、開けるときまた皆と会えるってことだもんね。ちょっと呼んでくるわ」

真弓が満を連れて戻ってくると啓介が改めて説明をした。

「いいじゃない、統廃合されたらもう皆に会えないと思っていたから」

満は目尻に皺《しわ》を作った。

「いつ埋めるんだい？」

「大会が終わったらです、最後の」

「そうか、うちはいつでもいいからね」

「ありがとうございます」

「掘り出す時には声かけてくれよ」

「もちろんですよ」

「俺たちが生きている間にな」

そうねと真弓が笑って夫婦は顔を見合わせた。

こうして周囲の人が喜んでくれるのを見ると、案外タイムカプセルも悪くない気がしてくるのだった。

※

五年という時間はタイムカプセルを開けるまでの期間としては短いかもしれません。でも特別な意味を持っているのです。

その間に周りは大きく変わりました。でもこの町は何も変わりません。窓の外を流れる景色を見ながら思わず感傷に浸ります。何もなかったかのように迎え入れてくれるこの町はあの日も何でもないことのように送り出してくれました。それは皆もそうでした。まるでいつもと変わらぬたわいもない一日の延長のようでした。

この町を離れてから一人でいることが多くなり孤独を感じることも増えました。もっと強くなりたい、ならなくてはならない。自分の弱さを感じる日々にそう願ったのを覚えています。だから大学も東京を選びました。自分の力で生きていけることを証明したかったのです。両親には負担をかけましたが、その恩はこれから返していきたいと思います。東京での一人暮らしは心細さもありましたが、常に今日の日のことが頭にありました。それを糧に頑張ってこられました。

皆はどういう気持ちで今日の日を迎えたのでしょうか、そしてどう迎え入れてくれるのでしょうか。この景色と同じようにあの日と何も変わらない表情でしょうか。

5

啓介からアンカーとしてタスキを受けた時は八位だった。トップとの差は八十二秒。残りの決戦が五キロということを考えるとそれなりにハードルは高い。

だが自信はあった。怪我のせいで治癒するまでまともな練習ができなかったが、そこからの血反吐《ちへど》を吐くほどの追い込みで何とか今日を迎えていた。一ヶ月のブランクは相当に大きかったがそれまでの貯金もあった。

自分はいける。いくんだ。

それは美智子とのイメージトレーニングで何度も自らに言い聞かせてきた言葉だった。そして頭の中で何度も制覇してきたレースを今まさに迎えていた。

五キロという短いレースだ。時間にして十五分前後のサバイバル。細かい駆け引きなど無意味だ。自分との闘い。どれだけ自分を追い込めるかだ。そしてそこに奨治は絶大な自信を持っていた。

最初のカーブを曲がるとそこからしばらくは一本道だ。

視界の先に三人のランナーを捉えた。皆前を見ながらも後続のランナーを気にしているのが分かる。それほど大きく差がついていないことを理解しているからだ。

でも、相手に合わせてペース配分を考えているようじゃ駄目だぜ。

奨治は一気に加速した。

瞬《また》く間に最初の背中を抜き去った。沿道のギャラリーが沸き、その前を走るランナーがこちらを振り向いた。苦しそうな顔をしている。

この程度走っただけで肩で息をしているとはどんな練習をしてきたんだ。

奨治は緩めることなく二人目を抜いた。

一つ背中が消えるとまた一つ現れた。このペースならあと二分も走ればあの背中は追い抜ける。

問題はその前だ。まだ見えていない敵がゴールに着く前に追い抜かねばならない。だが相手のことばかり気にしても仕方がない。勝負すべき相手は俺自身だ。自分にできるのは全力を振り絞ることだけだ。

何度もイメージしてきた道だった。予定通りだ。目の前に信号が見えてきた。これが目印だ。残り三キロ。イメージトレーニングの中ではここで再びアクセルを踏む。そしてその通りに奨治の足の回転速度が上がった。頭で指令を出さなくても勝手に体が動いていた。これが美智子とのトレーニングの成果だった。

二つの背中を追い抜き四位まで順位を上げた。

残り二キロ。

交差点を左折すると三つの背中が現れた。彼らも最後の力を余すことなく使い切ろうとしている。

でも、俺の方が――。

体がバランスを崩した。

何で？

左右の足の回転スピードが合っていない。

遅れてあの忌々しい左足の痛みが脳髄《のうずい》に突き刺さった。

またか、またやっちまったのか。

見えていた背中が消えアスファルトが奨治の視界を覆いつくした。


「ハッ」

反射的に顔を背けた。目の前に広がる景色が自分の部屋であるのを認識し、夢であったことに気づかされた。

なんて不吉な夢だ。肌寒い朝だったが背中にびっしょりと汗をかいていた。それにしてもリアルな夢だった。美智子とのイメージトレーニングの効果なのかもしれないが、こういう結末だけは勘弁してほしかった。しかしこんな夢を見るとは、まだ自分の中に完治を信じ切れていない面があるということの裏づけなのかもしれない。

　あれから治療中のイメージと並行して、大会で走る姿をイメージするトレーニングも進めていた。実際のコースを美智子の車に乗ってビデオで撮影し、それを見ながら来る日も来る日も延々と自己暗示を繰り返していた。まるで自分がその空間にいるかのように。美智子によれば完治後の自分をイメージすることで、本能的に体が現状との乖離《かいり》を埋めようとするため回復が早まるとのことだった。

　大会まであと三週間となっていた。

　しかし怪我をしてからまだ一度も走っていなかった。その事実は重かった。果たして間に合うのだろうか。どれほど完治の暗示をかけようともその不安が解消されることはなかった。

　早く不安を消し去りたかった。そのために走りたかった。実際日常生活には支障がなくなっていた。普通に歩けたし階段を上り下りする際も違和感を覚えることはなくなっていた。もう大丈夫なのではないか。それにもう練習を再開しないと間に合わないのではないか。そんな焦りがあった。

　対照的に他の部員らは毎日充実感を漂わせるようになっていた。自分の言葉がどこまで響いたのかは分からない。だが皆で優勝するのだという一体感が生まれてきたのは事実だった。良い意味での緊張感が練習から伝わってきた。自分を甘やかしてきた連中だ。

個人競技だったらそうはいかなかっただろう。そういう意味ではタイムカプセルを作ったことは連帯感を生み、チームに上手く作用しているように思われた。自分の離脱はその和を乱しているのではないか、そんな孤独感すら覚えるほどに汗を流す彼らは眩《まぶ》しく映った。

だからその日、整形外科から帰ると部室で練習着に着替えたのは焦燥感のせいだったのかもしれない。

まずは自分のペースで走ってみたかった。奨治は部が練習する校外のコースではなく校内のトラックへ向かった。

初めはゆっくりだ。歩くところから始めた。体を徐々に温めていかないといけない。

全く異状は感じなかった。それから少しずつ足の回転を速めた。

いける。

まだ試運転だが心地よさが広がった。俺は今走っている。ただそれだけのことがこれほど気持ちを満たすとは思ってもみなかった。

これも美智子のおかげだ。こんなに回復が早いとは。今から始めれば大会に間に合う。

そして何度も頭に描いた優勝が現実のものになる。

自ずとピッチが速まっていく。まだ五分程度の力だったが大きな前進だった。

いいぞ。

その瞬間だった。鈍い痛みを左足の付け根に感じた。奨治は足を止めた。決してあの時のような激痛ではなかった。だが紛れもなくそこにあの痛みの残像があった。やってしまったのか。

歩いてみる。

特に何も感じなかった。やっぱり大丈夫だ。再びゆっくりと走りだした。だが最初こそ違和感がなかったものの、少しペースを上げると再び鈍痛を感じた。さっきは走れたスピードのはずだった。

血の気が引いた。

悪化させてしまった——。

治癒へ向かっていた古傷を再び抉《えぐ》ってしまった。

何をしているんだ、俺は。自らの愚かさを悔いた。そして苛立った。

「クソッ、クソッ」

何度も自分の太腿を叩いた。やがて行き場を失った怒りの矛先が美智子へ向かった。

何がイメージ療法だ。結局この程度じゃないか。何が治すだよ。期待させやがって。

そんな簡単に治るはずがなかったんだ。おかげで後戻りしてしまったじゃないか。

こんなことで間に合うのか、こんなことで。そう左足に問いかけても虚しさが募るばかりだった。

そこから部室までの道はとても長く感じた。奨治はパイプ椅子に腰を落とした。棚の上に置かれたタイムカプセルの「優勝」という文字が遠く霞《かす》んで見えた。

どれほどそうしていただろう。外が騒がしくなり我に返った。

「何してたんだよ、奨治」

啓介の声だった。

「おう」

「っていうかなんで練習着なんだよ」

「えっ？」

着替えるのを忘れていた。

「もう走れるのか？」

「えっ、いや」

啓介が奨治の足元を見た。

「走ったのか？　治ったのか？」

その目は輝いていた。他の部員らも顔に花が咲いたようだった。彼らの期待が重かった。

「すまん」

ここで取り繕っても仕方ない。

「いけるかと思って少し走ってみたんだ。まだみたいだ」

「何だよ」

彼らは一様に落胆した。

「ま、頑張れよ」

聡の何気ない一言だった。だがそれが今の奨治の気に障った。

「頑張ってるだろ」

自分でも驚くほど声が荒くなった。

「頑張ってるだろ、俺は」

「どうしたんだよ」

啓介が奨治の顔を覗き込んだ。

「俺が一番優勝したいんだよ。なんでお前に頑張れなんて言われなくちゃいけないいんだ」

「何言ってんだよ。俺たちだってお前が治らないと出場できないんだ。なのに軽い気持ちで言ってるわけねえだろ」

聡も切れたように言い返した。

「落ち着けって」

啓介が止めようとしてきたが奨治の耳には入ってこなかった。

「この中にいるのか、俺より勝ちたい奴が。いないだろ。それなのに何でよりによって俺が怪我しなくちゃいけないんだ」

なぜ駄目なんだ。この二週間あれほど治療に全てを捧げてきたじゃないか。それなのにまだ俺は走ってはいけないのか。大会に出ることを許されないのか。

「大丈夫だ。お前は必ず治る。そして必ず大会に出て優勝するんだ。それだけのことを今やっているだろ」

啓介が奨治の両肩を摑《つか》んだ。

「じゃあなんで治らないんだ。もうなくなっちまえよ、なくなっちまえよ大会なんか」

自分だけチームの中で取り残されていく気がした。仲間である彼らが目障りだった。

「――人の気も知らないで」

奨治は啓介の手を払った。いっそのこと大会ごとなくなっちまえばいい。それは心のどこかで蓋をしていた想いだったのかもしれない。

それからどうしていたのだろうか。ただただ呆然としていたような気がする。

「おい、帰るぞ」

気づけば啓介以外の部員は帰っていた。

「先帰れよ、放っておいてくれ」

走れない自分が惨めだった。自分にとってこれほど苦しいことはない。走れる人間と一緒になどいたくなかった。

「そうか」

啓介もそれ以上は誘ってこなかった。

「宮島先生には三十分後に来てくれって言っておくぞ」

「いいよ、歩いて帰る」

美智子に頼めば家まで車で送ってくれるだろう。だが今はとても頼る気になれなかった。何がイメージ療法だ。そんなものまるで効果がなかったじゃないか。ただ俺を励ますための出まかせだったのだ。美智子に対してぶつけたい言葉が溢れてきた。子供じみた思考なのは分かっていた。だが今は理性で抑えつけられないほどに感情が暴れていた。

「でもその足じゃ」

「いいから放っておけよ」

「分かったよ、気をつけて帰れよ」

そういうと啓介は部室を出ていった。

独りになった部室は寂しさを増した。少し寒くなったような気もした。

タイムカプセルが目に入った。

こんな馬鹿げたものを——。そこに書かれた「優勝」という文字に苛立ちが込み上げる。

俺を放って勝手に盛り上がりやがって。クソッ。

右手がカプセルを叩いていた。カプセルが床に落ちる。その衝撃で蓋が取れ中身が飛び出してきた。その様はストレスを吐き出す自らのようだった。

※

電車を降りると澄んだ空気が肺に流れ込みます。東京よりやや肌寒いですが透き通っており優しい気持ちになります。

高校生の頃は娯楽の少ないこの町より都会に憧れたのも事実です。しかし都会を経験した今、人気《ひとけ》がないもの寂しい雰囲気なのもこの町の良さに感じられます。時計を見ると待ち合わせまでまだ時間があります。パルミエまでタクシーで行くつもりでしたがこの町をもう一度感じようと思います。

歩いていきましょう。

6

部室に入るとそこにつかさがいるのを見て思わず扉を閉めようとした。奨治は整形外科帰りだった。昨日の今日だけに気まずさがあった。

「何してんの」

ついぶっきらぼうになってしまう。つかさが驚いたように振り返った。

「ないの」

「ない？」

「タイムカプセル」

「え？」

白々しく聞こえなかっただろうか。そう、朝までタイムカプセルが置かれていた窓の前の棚は空虚な空間になっている。

「何で？」

「知らないわよ、授業終わって部室に来たらなくなってたの。奨治知らないの？」

勢いに思わず気圧《けお》されたが、その目は純粋に救いを求めているように見えた。

「知らねえよ」

奨治が部室に潜り込んだのは今日の昼休みだ。昨日実行していたらさすがに朝練習に来た連中にバレてしまう。

「何で知らないのよ」

自分が犯人でなかったら理不尽な怒りと感じるところだ。

「皆は何て？」

「皆も知らないって。啓介がもしかしたら盗まれたのかもしれないって」

「盗まれた？　誰に？」

「分からないわよ、タイムカプセルなんか盗んだって誰も得しないのに」

つかさの目は潤んでいるように見えた。

「鍵は？」

「かかってた」

そうは言うが部室の鍵は放課後に教員室へ返すだけで、朝練習後は部室前のクーラーボックスに隠しておくのが駅伝部の習わしだった。部室に金目のものなどなく警戒をしたことがなかった。そういう意味では朝練習後から放課後までの時間は誰でも出入りできたということだ。その辺は計算していた。

「他に盗まれたものはないの？」

「うん、見たところない」

「皆タイムカプセルに何入れてたんだ？」

「分からないよ、聞いてみないと」

「金目のものが入っていた可能性もあるのか」

「だから皆に聞いてみないと分からないって」

「神様からのお告げかもな、今は大会に集中しろって」

言ってすぐ後悔したが遅かった。

「何それ、私たちが悪いって言うの？」

つかさの声は言葉とは裏腹に消沈していた。

「そういうことじゃない。そういうことじゃないけど――」

奨治には継ぐべき言葉が見つけられなかった。

「私、写真が入っていたんです」

一年生の優子は泣きながら訴えた。

「皆さんの写真が入ってたんです。そんなもの盗まれますか？」

「俺なんかシューズだよ。もう破れて使い物にならないんだぜ。あんなもの俺しか大事にしないよ」

聡も恨み節だった。

「私だって作文を入れていただけだし」

つかさも怪訝そうに言った。

「何でだよ」

聡が奨治を見た。鋭い目をしている。

「お前じゃないよな」

まだ昨日のことを根に持っているらしい。

「違うよ」

奨治は努めて冷静に答えた。

「タイムカプセルなんか目障りだったんじゃないか？」

「おい、聡」

啓介が止めに入った。

「昨日は悪かった。ついイライラしてお前に当たっちまった」

聡が虚を衝かれた表情になった。自分でも自身の感情がよく分からなかった。

「よし、じゃあ昨日のことはこれで終わりだな」

すかさず啓介が間を取りなした。

「分かったよ」

聡が気を落ちつけるように一つ息を吐いた。

「でもどうすんだよ、タイムカプセル」

「そうだな」

啓介は皆を見た。

「取り敢えずさ、あとは学校に任せよう。きっと返ってくるさ。盗んでもしょうがないものばかりなんだから。今俺たちにできることは大会に向けて練習をするということだけだ。きっと戻ってくるさ。優勝の暁にはね」

皆は俯《うつむ》く顔を少しだけ上げた。

皆が前向きになったのなら、それはそれでいいことなのかもしれない。

だが、その時奨治の胸にあったのは満足感ではなかった。

俺は、間違っているのだろうか。良かれと思ってしたことのはずだった。それなのに――。

自らの心が不安に揺らぐのを感じた。

※

陽も傾いており街灯も多くはありません。そんな暗い道を一歩一歩踏みしめていきます。毎日表情を変える東京と違って変化の見受けられる場所はほとんどありません。あの時の懐かしさが如実に思い出されるのはそのせいかもしれません。

出ました。桜並木。

等間隔に街灯が並び木々を浮かび上がらせます。まだつぼみですがその眺めはやはり美しい。ここが満開だったのを見たのはいつが最後でしょうか。もう何年も見た記憶がありません。それでも桜吹雪は脳裏で鮮やかに再現されるのです。

今年はぜひ見たい。あのきれいな桜を、舞い散る桜の花びらを。

7

「すみません、我儘《わがまま》言って」

エンジン音の響く車内で奨治は詫びた。

「昨日は無理して自分で帰ったんだって？」

美智子は呆れたように言った。まさか美智子に幼稚な怒りを覚えていたなどとは口が裂けても言えない。

「まあ、大丈夫かと思って」

「でも大丈夫じゃなかったと」

「いや、そういう訳じゃないですけど」

事実、歩く分にはそれほど支障はなかった。

「じゃ、歩いて帰れば」

「いや——」

美智子にどうしても聞きたいことがあった。

「冗談よ。今は大事な身体なんだから無理をしない」

「ありがとうございます」

「でもタイムカプセル盗まれたんだって？」

「ああ、まあ」

しどろもどろになる。

「どうするの？」

「えっ」

一瞬問い質《ただ》されたように聞こえ、思わずたじろいだ。

「だからタイムカプセル」

「いや、出てくるのを待つしか——」

「そう」

淡白な返事だった。美智子もいつか戻ってくると信じているのだろうか。

「そんなことより先生、僕の足は治るんですか?」

不自然だったかもしれないが奨治は話題を転換した。

「前も言ったかもしれないけど治るんじゃない、治すの」

美智子の言葉には心なしか怒りが含まれているように聞こえた。

「先生はこのイメージ療法をどれくらい信じているんですか?」

それでも聞かずにいられなかった。

「百パーセント」

一点の曇りも感じられない答えだった。

「そう信じるしかないじゃない。そう思わなかったらもう諦めるしかない。それでいいの?」

疑心暗鬼の奨治に苛立っているような口調だった。

「治そうと頑張っても何もしなくてもやがて大会は来るの。その時に後悔することがないならそれでもいいと思うわ。でもね、私だったら絶対にやる。できる限りのことをやってやってやりまくって、それで駄目だったらそこまでよ。納得がいく。だから私は妄信的にやるの、必ず治すって」

奨治は圧倒されていた。そして余計なことを聞いたことを反省した。

「すみません、変なこと聞いて」

「いいのよ、取り敢えずやるしかない。私だったらそうするわ」

恐縮する奨治に美智子は取りなすように言った。

「でも何だか皆が羨ましいわ、私にはなかった青春で」

「そんないいもんじゃありませんよ」

「そんなことないわ。大人になったら分かるわよ」

「そういうものなんですかね」

「私は地味だったからね。大学受験のための勉強しかしてなかったから」

美智子は笑ってみせた。

「特にこれといった思い出がないのは寂しいものよ」

「そうなんですか」

もう間もなく家に着く。

奨治は切り出すタイミングを計っていた。

「先生」

「何？」

唐突だったかもしれない。

「最後に聞きたいことがあるんですが──」

※

並木のトンネルを潜り、歩いていくとその先に現れました。我が母校、深津高校。統廃合になってもう五年。間もなく解体工事が始まると聞きました。今日のこの日までその姿をとどめていてくれたのは、まるで待ってくれていたかのようでこみ上げてくるものがあります。不気味に映ってもおかしくない夕暮れの廃校舎はとても美しく見えるのでした。

ここで過ごした時間は人生の中で僅かな時間だったかもしれません。それでもとても色濃く鮮明に脳裏に焼きついています。統廃合前最後の大会。深津高校の名前を最後に残すのだ、そう皆で一致団結し優勝を目指した日々は本当に尊い時間でした。人は目標があると頑張れる、普段以上の力が発揮できる、それは教訓として今も胸に刻まれています。

そうして迎えた今日。タイムカプセルを埋めてから丁度五年。

パルミエの灯りが見えてきました。

8

——今スタートしたからね。

つかさからのグループラインだった。奨治は第七区のスタート地点で一人スタンバイしていた。今し方、号砲が鳴ったらしい。だが自分の出番はまだ一時間半以上先だ。気持ちと体の両方の照準をそこへ合わせねばならない。

駅伝とは不思議な競技だ。チームスポーツでありながらメンバーが同時にフィールドに立つことはない。皆で集合してもそれぞれアップの開始時間も違えばテンションも違う。その実孤独な競技だ。

そして深津高校の駅伝部はマネージャー含め九人しかいない。必然的に奨治らスタートの遅い区のランナーは一人で準備をすることになる。

だがそれも慣れたものだった。これまでも常にアンカーだったし、怪我をしてからというものほとんど練習は一人だった。一人で気持ちを盛り上げ、一人で体を苛《いじ》め抜いた。怪我はしたかもしれない。だがその時間は決して無駄ではなかった。俺はもっと強くなった。孤独を乗り越えられたのは矛盾するようだが共に戦う仲間がいたからだった。

それからもつかさから逐一実況がラインで流されてきた。

第一区の聡は十九チーム中九位で第二区の一年生諸井《もろい》俊《しゅん》にタスキを渡したとのこと

だった。トップとの差は九十二秒。まだ十分に逆転は可能だがこれ以上引き離されたくはない。

あと一時間ほどで自分の元へタスキが回ってくる。奨治は軽いジョグで体を温めるとストレッチを始めた。同じように他校のアンカーも体を動かしている。音楽を聴く者、瞑想するように目を閉じる者、それぞれだった。

二区はあっという間だ。馬力のある俊はトップとの差を十一秒縮め順位を一つ上げ三区の一年生三宅朋正《みやけともまさ》へタスキを渡したとのことだった。

いいペースだ。

――俺までトップとの差九十秒以内で持ってこい。そうしたら俺がトップでゴールテープを切ってやる。

奨治は今日集合した時メンバーにそう啖呵《たんか》を切っていた。このメンバーならそれが可能だと思っていた。そう感じられるほどにこの数週間で彼らは変わっていた。顔つきが変わり、身体が変わり、力が変わった。だから奨治は信じていた。あとは最高の舞台というピースが揃えばそれは為されると。もちろん俺だって――。

何度もイメージしてきた。俺は区間ベストを更新しゴールテープを切るのだ。

様子が変わったのは四区の一年生木下一平《きのしたいっぺい》が走っている時だった。

――一平君がちょっと足悪そう。

怪我か？

それが唯一の不安要素だった。どれほど練習を積もうと大会本番では嫌でも体が緊張する。普段力の入らない筋肉までも使ってしまい怪我へ繋がってしまうのだ。一平はトップとの差を百六十五秒まで広げてしまっていた。順位も十四位まで落としていた。

頼むぞ、孝太郎《こうたろう》。五区を走る一年生の武藤《むとう》孝太郎に念じた。

奨治は一旦ラインの確認を止めた。あと二十分ほどで自分の番だ。準備に集中だ。

「奨治」

呼ぶ声がした。振り返ると聡と俊がいた。

「孝太郎と啓介が必ずトップとの差九十秒以内でお前にタスキを繋ぐ。任せたぞ」

「おう、任せろ」

それだけ言うと奨治は背を向けた。それ以上二人は話しかけてこなかった。

周りがざわつき始めた。徐々にタスキが近づいてきているのを肌で感じた。

「孝太郎が百三十二秒まで詰めて啓介に繋いだ。啓介もいいペースで来ている」

必要最小限の情報を聡がくれた。

「一位、楢崎《ならさき》高校、二位大橋《おおはし》学院、三位東城《とうじょう》高校――」

係員が順位を読み上げていく。呼ばれた高校のアンカーが次々と中継所へ向かう。

そして歓声に押され最後のタスキリレーが始まった。次々とランナーが駆け抜けていく。

「九位深津高校」

遂に呼ばれた。

百メートルほど向こうに啓介の姿が見えた。最後の力を振り絞りその前のランナーを追い抜こうとしている。

「啓介、頑張れ」

啓介はまるで短距離ランナーのようなスピードで向かってきた。そして前のランナーを追い抜きその勢いのまま中継所に飛び込んできた。

「頼んだぞ」

その声とタスキを受け取り奨治は駆けだした。八位でのタスキリレー。奨治はタイムを見た。

トップとの差八十二秒。

いつぞや見た夢と同じじゃないか。妙な胸騒ぎを覚えたのはあの夢の結末が過《よぎ》ったからだった。

大丈夫さ、俺は。約束したタイムで皆がここまで持ってきてくれたじゃないか。それに、俺たちは絶対に優勝しなければならないんだ。

奨治は次々と前を行くランナーを抜いていった。何度もイメージトレーニングで走った道だ。だから今日が本番だという気負いはなかった。精神的にも安定していた。

四位まで順位を上げたところで残り二キロを切った。

さあ、ラストスパートだ。交差点を曲がる。

直線の道が広がった。目指すべき競技場、そして追い抜くべきライバルが全て視界の中に捉えられた。

さあ、行くぞ——。

えっ？

なぜだ。右足の付け根に感じたのは痛みだった。足が止まるほどではない。だがさっきまでとは違う感覚が右足にはあった。

正夢か？

夢と違うのは痛めた足が左ではなく右ということだった。

神様はなんて残酷なんだ。左足が治ったかと思えばここにきて今度は右足か。この一週間の無茶な追い込みの皺寄せがきてしまったのかもしれない。

クソッ、ここまで来て。あと少しじゃないか。あそこまで持ってくれ。だがスパートをかけないと優勝には——。

賭けに出た。優勝以外は皆同じだ。怪我して棄権しようが二位でゴールしようが同じだ。この際燃え尽きるまで。奨治は加速した。徐々に足の付け根が脆《もろ》くなっていくのを感じた。痛みが増していく。

それでも力を振り絞った。

三位のランナーを追い抜き、二位のランナーを追い抜き前にある背中はただ一つになった。

残り六百メートル。

もういつ足がもつれてもおかしくないほどに痛みが強くなっていた。さっきまで近づいてきていた背中が遠くなっていく。頼む、持ってくれ。

クソッ。

「奨治頑張れ」

突然名前を呼ばれた。沿道からだった。皆がいた。聡が、俊が、朋正が、一平が、孝太郎が、啓介が、優子が。そしてつかさが。美智子もタオルを投げんばかりに振っていた。

「頑張れ。あいつを抜かせ」

ほんの一瞬の声援だった。だが残り数百メートルの今、十分過ぎるほどのエネルギーとなった。皆でここまで頑張ってきたじゃないか。こんな痛みがなんだ。このタスキにはその時間、想いが乗っているのだ。俺はそれを今運んでいるのだ。

競技場に入る。ラストトラック一周だ。

あいつを抜かす。

痛みは消えていた。こんなのイメージトレーニングで一度もなかった情景だ。新たな世界だった。どんどん背中が近づいてくる。

あと百メートル。

迫る足音が耳に届いたのかその背中がこちらを振り向いた。もう気力の勝負だ。奨治は最後のスパートをかけた。あのゴールテープを先に切る。

奨治は咆哮《ほうこう》と共にゴールに飛び込んだ。

※

暗闇の中にもヤシの木の影がはっきりと見えます。皆はもう来ているのでしょうか。胸の鼓動が速くなっていくのを感じます。

扉の外から中をのぞくと大久保夫妻の姿がありました。

「こんにちは」

扉を開けました。

「あら、お帰りなさい」

夫妻は優しい表情で迎え入れてくれました。

「お久しぶりです。皆はもう来ていますか?」

「来てるわよ。奥に席作ってあるから」

皆に会うのは楽しみですが同時に緊張もします。

奥に進むと楽しそうな声が聞こえてきました。近づくと皆が気づき手を振ってきます。

なんだか照れくさい。

「皆、久しぶり」

そう声を張り上げました。

「お帰り」

皆も大きな声で返してくれました。

さあ、パーティーの始まりです。

9

「肉離れだね」

老医は呆れたように診断した。

「だから言っただろう、完治までに二ヶ月はかかるって。なんで走っちゃうかね」

「だって治ったんですよ左足は。今回は右足ですから」

「それでももう少し安静にしてないと。無意識に左足を庇《かば》って右足に負担がかかったんだろうね。先生もね、しっかり頼みますよ」

美智子にも不満げな顔を向けた。

「でも本当に治ったんですよ。何の問題もなく走れて。やっぱり噂通り腕の良い先生なんだなあって言っていたんですから」

「はあ」

老医は何とも言えない表情になった。

奨治はトップでゴールテープを切るとその場に倒れ込んだ。すぐに係員に支えられ移動させられた。一人では歩けなくなっていた。

閉会式も奨治は車椅子に乗って参加した。電光掲示板の一番高いところにある「深津高校」の文字がより高く見えた。誇らしいと同時にやり遂げた達成感が胸に広がった。やったんだ。俺たちはやったんだ。優勝なんて何年振りなのだろう。熱いものが込み上げてきた。メダルを授与され皆で喜びを分かち合うと、すぐさま美智子と共に整形外科に駆け込んだのだった。

「すごいね、皆。私尊敬するわ」

帰りの車の中で美智子が感慨深げに言った。その声には涙が混じっていた。

「先生のお陰ですよ。僕だって最初に怪我した時は絶対に無理だって思ってましたから。出場すらできないんじゃないかって」

「私は別に――」

「いえ、全部先生のイメージ療法のお陰です。本気で思ってましたもん。絶対に治すんだって。優勝するんだって。病は気からって言いますけど本当にそうなんですよ。僕の左足は間違いなく完治していましたから」

奨治も興奮を抑えきれなかった。ゴールもイメージ通り区間ベストを更新してのものだった。

「そんなに言ってくれるんだったら、私医者になろうかしら」

「向いてると思いますよ」

「あら、止めないのね」

「確かにまだ早いですね、先生の患者さんはここにもう一人残ってますから」

「そうね」

出過ぎた発言だっただろうか。

「でもありがとうね。イメージ療法を体現してくれて」

「いえ、全部先生のお陰です」

「そんなことないわ。竹内君の努力の賜物よ」

その言葉に少し肩の荷が下りた気がした。

「ところでさ、タイムカプセルはいつ戻すの？　もういいんじゃない？」

「ええ、返しますよ。もともとすぐ返そうと思っていたんです、全部僕の間違いですから。あいつは大丈夫です」

「そうかな」

「はい。それに皆で応援しますよ。今回僕がしてもらったように」

皆の最後の応援がなかったら優勝など絶対に有り得なかっただろう。それどころかあの怪我では完走すら厳しかったに違いない。あの時湧き上がったのは人知を超えたエネルギーだった。

「ありがとう」

「まあ、何よりも先生のイメージトレーニングが一番効果的ですけどね」

奨治は照れを隠すように付け加えた。

「皆に言うの？」

「僕からは」

奨治は首を振った。

「自分の口から言うんですよね？」

「そうね」

奨治はあの日を思い返していた。

怪我が再び悪化し諍《いさか》いになった日だ。

タイムカプセルが割れ中身が飛び出していた。慌てて取り上げたが衝撃で達磨の右目に傷が付いていた。こいつまで馬鹿にしているのか。表面が「く」の字形に抉れており、まるでウィンクをしているかのようだった。こいつまで馬鹿にしているのか。些細なことで気持ちに波が立つ。

そして、ほんの出来心だった。あいつらは何を入れたのだろうか。散らばった紙袋を奨治は開けていった。あどけなさの残る写真があった。使いこまれたシューズがあった。色褪せた練習着があった。将来このカプセルを開けた時、懐かしさを感じさせるであろうものばかりだった。

そしてその中にそれはあった。

原稿用紙だった。丁寧な字で綴《つづ》られていた。

秘密を盗み見るようで気が引けたがこれだけ見ないのは不公平な気がした。

――流星群のようだ。

文学的な書き出しだった。だが数行を読んでもさっぱり意味が分からなかった。

しかし読み進めるうちに全体像が浮かび上がり、やがて知った。

あいつが病に侵されているということを。

そしてこの作文は自己暗示なのだと。美智子がなぜあの日真新しい専門書を持っていたのか。もう一人いたのだ。自分より先にその医学を必要とした者が。

これは五年後の病を完治させた自分を想像して書かれた作文に違いなかった。

皆でタイムカプセルを開けるその日のことが細部まで緻密に描かれていた。そこからは強く切実な想いが迫ってきた。まるで史実のように現実感を伴っていた。だが虚しさを禁じ得なかった。大会での優勝、病の克服、五年後の再会。綴られている全てが見果てぬ未来だと気づいてしまうからだった。

イメージ療法。怪我を悪化させたばかりの奨治にとってそれは子供騙しの戯言《ざれごと》にしか聞こえなかった。俺はあれだけやったのに駄目だったじゃないか。結局気休め程度のものだ。そんなものを信じているのが不憫《ふびん》でならなかった。藁にも縋る思いなのかもしれないが、いつか俺と同じように無力さを覚える時がくる。

そんな数年後の命も覚束《おぼつか》ない者を前に、タイムカプセルで盛り上がっていたことが無神経に思われてならなかった。どんな気持ちでこのイベントを見ていたのだろうか。本当は無理をして皆に合わせていたのではなかろうか。内心では思っていたのではなかろうか。

人の気も知らないで――。

大会に対する自分の想いと重なるのだった。

こんなものなくなってしまった方が良い。

そして翌日、休み時間の合間に奨治は部室からタイムカプセルを奪い去ったのだった。

だがそれが過ちだと気づかされたのは間もなくだった。タイムカプセルが盗まれたことを心底悲しむ姿を見たからだ。その姿に感じたのだ。あいつは本気で自分の病を治そうとしている。そしてこのタイムカプセルを皆で掘り返す日を信じて疑っていないのだと。タイムカプセルを盗むことはあいつからタイムカプセルを皆で開けるという目標を、いや約束された未来を奪うことなのだと。

だが一方で確信が持てなかった。あの作文に書かれたことは本当なのか？　唐突に突き付けられた現実は俄《にわか》には信じ難かった。美智子なら知っているはずだ。この作文による自己暗示も美智子に授けられたものに違いなかった。だから奨治は帰りの車で美智子にそれを確認したのだった。美智子はゆっくりと首を縦に振った。

それからは一心不乱に奨治は治療と練習に励んだ。

俺がまずこの怪我を克服し、大会で優勝しなければならない。それができなかったらあいつは病の克服を信じることができなくなるかもしれない。そして美智子の希望の灯《ともしび》を消してしまうかもしれない。イメージ療法は信じる者を救うのだ。それを実証したかった。しなければならなかった。怪我を完治させ絶対に優勝する。皆と達磨に誓った約束を果たすのだ。

そして今日それを裏づけたことで自分の使命は一つ終わった。俺にできたんだ。あいつにだって絶対――。

きっかけがなくタイムカプセルの返還を今日までずるずると引き延ばしてしまったことは深く反省している。だが逆に確信を持てたタイミングになって良かったかもしれない。

あの達磨はまた果たしてくれるはずだ、俺たちの約束を。

※

「本当におめでとう。もうこれで五年か」

啓介がまず祝福してくれます。

「そう、まだ安心できないけどね」

五年という時間は病気の治癒の一つの目安です。決して安心はできませんが宣告された時には五年後など想像もできませんでした。それが今こうして皆と笑いあっているのです。

五年後に皆でタイムカプセルを開けよう――。

タイムカプセルを埋めたあの日に交わした約束を私は守ることができたのです。母には感謝しています。病気を告げられた時、頭にまず浮かんだのは大会のことでした。何せ深津高校最後の大会です。皆との大事な思い出から欠けたくない。正直冷静じゃなかったかもしれません。

大会が終わったらすぐ手術をする。そんなわがままを聞いてくれてありがとう。それだけじゃなく色々調べてくれましたね。その一つにあった自己暗示による治療。イメージで病気を撃退するんだって。手術が終わってからも私は頭の中で病を撃退し続けています。こうして今日という日を迎えられたのは紛れもなくあなたのおかげなのです。

そして皆。治療は孤独でした。高校最後の一年も皆とほとんど過ごすことができませんでした。でもよく遊びに来てくれましたね。電話もしてくれました。自分が負けそうなとき力をくれたのは皆でした。

本当にありがとう。

「早く掘りましょうよ」

宴が進み、優子が無邪気に言います。

「よし、行こう」

聡が腕を捲《まく》ります。どこから持ってきたのか大きなスコップを携えています。タイムカプセルを埋めるまでの紆余曲折《うよきょくせつ》の日々が思い出されます。奨治の姿が気になりました。彼は相変わらず愛想のない顔で遠くを見つめています。

皆で外へ出ます。ヤシの木の根元に聡がスコップを入れました。五年の歳月が地面を固くしているのでしょう。剝がれるように土が捲れました。

そうして掘り進むうちに金属にぶつかる甲高い音が響きました。

皆が大袈裟に喜びます。聡が丁寧に土を払っていきます。表面が見えてきました。時を経て色がややくすんだような気がします。しかしそこには私が描いた達磨がはっきりと残っていました。なぜでしょう。五年ぶりにもかかわらず懐かしさは感じませんでした。やはりずっと私を見てくれていたからでしょうか。思わず笑みがこぼれます。

あの時優勝へ導いてくれたね。そしてまた約束を果たしてくれたね。

ありがとう、そしてただいま。

心の中で大きく叫ぶと、彼は優勝したあの日と変わらぬウィンクを投げ返してくれるのでした。

解説

細谷正充（文芸評論家）

小説推理新人賞は、短篇ミステリーの賞である。したがって受賞者の最初の著書は、受賞作を含む短篇集であることが多い。二〇一八年十二月に双葉社から刊行された、久和間拓の『エースの遺言』も、そのような一冊だ。ちなみに作者は、一九九〇年、埼玉県に生まれる。幼い頃からミステリーに親しみ、いつしか作家を目指すようになったそうだ。そして二〇一六年、桑又くよお名義で応募した「エースの遺言」で、第三十八回小説推理新人賞を受賞したのである。

本書には短篇四作が収録されている。冒頭の「エースの遺言」（『小説推理』二〇一六年八月号）は、沓掛高校野球部出身のプロ野球選手の引退記念式典に、同高野球部の元監督・徳重隆がやってくる場面から始まる。二十五年前、甲子園に出場した沓掛高校は、決勝戦まで行った。原動力となったのは、プロ確実といわれるエース・ピッチャーの本橋哲司だ。しかし連投が続き、疲れが見える。エースを使うかどうか悩む徳重。そんな彼に本橋は、決勝戦が終われば野球を辞めるといい、投げさせてくれるよう懇願する。

甲子園優勝に心が揺れた徳重は本橋を起用するが、奮闘むなしく敗北。さらにある事情から本橋を潰したとの批判が巻き起こり、徳重は監督を辞め、身を潜めるように生きてきた。だが、式典の会場で本橋と再会した徳重は、この一連の件に関する、隠された真実を知ることになるのだった。

過去の真実そのものは、さして意外なものではない。だが読んでいる間は、まったく想起しなかった。語り口が巧いからだ。本橋を潰してしまったかもしれないという慚愧。批判によって変わってしまった人生に対する諦念。式典に来たことへの迷い。徳重の感情の揺らぎが、簡潔に表現されている。そちらに興味を惹かれていたため、真実に驚くことになったのだ。ストーリーによって、サプライズを際立たせる。ここに作者のセンスを感じることができた。

さらにいえば文章が達者であり、過去と現在を往還させたストーリーを、すんなりと読ませる。本作と一緒に『小説推理』に掲載された各選考委員の評を見ると、徳重の置かれた状況や、本橋の精神性に疑問を呈しながらも、物語の美点が指摘されている。

「この方の文章は非常に安定しています。かなり勉強したのか、あるいは元々の才能なのか、文体が完成している方なので、物語の流れがつかみやすい。（中略）この小説には人間が書かれていて読ませる力がありました。一番感心したのは、過去と現在を往復させながら進んでいく手法を成功させているところです。この構成は難易度が高いのに、

それをクリアしている」（小池真理子）

という評が、本作の魅力を的確に伝えている。ミステリーとしてはもちろんだが、人間ドラマとしても読みごたえのある秀作なのだ。

続く「秘密」（『小説推理』二〇一七年四月号）は、ひとり暮らしをしている老人たちの家を訪問することが生き甲斐になっている、元看護婦の内村祐実が主人公。癌により余命いくばくもない米田茂。茂の会社員時代の同僚で、祐実を配達人にして絵葉書のやり取りをしている井川良三。ちょっとした切っかけにより、祐実と同じように、ふたりの老人の家に出入りしている、中学生の林瑞穂。少し不思議だが温かな四人の交流は、良三の家が火事になり、焼け跡から彼の死体が発見されたことで崩れていく。

本書の中で、もっともミステリー色の強い作品であり、良三の死の真相は意外なものである。また、伏線の張り方も巧みだ。しかも真相が明らかになると、ある人物の切実な想いが浮かび上がってくる。その想いを受け止めた、祐実の選択も気持ちいい。本作もまた、人間を描いたドラマなのである。

「ジョーカー」（書き下ろし）は、出世競争をするサラリーマンの隠し事が交錯する。中堅のハウスメーカー「金澤ホーム」のやり手営業マンの篠崎雄太は、初の海外拠点となるシンガポールに赴くメンバー募集にエントリーした。ライバルは、弟が覚せい剤の密輸で捕まったことで、営業から工場勤務に異動した関口昌平。部下のミスをカバーするため、やむにやまれず飲酒運転をした雄太だが、偶然にも昌平と接触事故を起こしてしまう。だがなぜか昌平は、そのことを誰にも告げないのだった。

強烈な出世欲の裏に、コンプレックスを張りつかせた主人公のキャラクター造形が見事である。共感できない人物を、面白く読ませる手腕が素晴らしい。ライバルの不可解な態度の謎や、ラストで示される雄太の心情も宜しく、上質なサラリーマン・ミステリーになっているのだ。

そして最後の「約束」(『小説推理』二〇一八年五月号)は、もうすぐ近隣校に統合される深津高校の陸上部が舞台。深津高校の名前で出る最後の大会に、全力を尽くそうとする竹内奨治。いまひとつ真剣にならず、タイムカプセルを埋めようといっている他のメンバーたちにイライラしていた。さらに肉離れになった奨治は焦りながら、イメージ・トレーニングにより、なんとか大会までに復帰しようとする。そんなとき、部室に置かれていたタイムカプセルが行方不明になるのだった。

このような奨治視点のストーリーと並行して、今は大学生になった女性が、タイムカプセルを掘り返すために故郷に帰る様子が綴られていく。ミステリーを読み慣れた人ならすぐに察するだろうが、この構成に仕掛けがある。しかも、かなり予想外なものだ。これには驚いた。

だが私が一番感心したのは、奨治がガムシャラになる理由だ。先の仕掛けと関連しているのではっきりしたことが書けないが、分かったときには感動した。やや独善的に見えた奨治の言動の裏に、こんな意味があったのか。本書の掉尾を飾るに相応しい、爽やかな青春ミステリーである。

さて、以上のように各作品は、それぞれ違ったタイプの物語になっている。この作風の広さは、作者の才能といっていい。しかし一方で、共通点もある。登場人物の強靭な意思だ。ある作品では誰かのため、ある作品では自分のため、登場人物は己の意思を貫く。なぜ作者は、このような人物を好んで描くのか。ヒントになるのは、やはり『小説推理』二〇一六年八月号に掲載された「受賞の言葉」だ。そこで作者は、

「思えば幼少期からの憧れでした。小学生の頃からミステリーに親しみ、いつしか自分も人々を驚かす作品を書きたいという漠然とした夢を持つようになりました。

そして社会へ出た時、『夢のままで終わらせたくはない』という強い想いが湧きたち、十年間は作品を執筆し続けることを堅く決意致しました。

それから様々な賞へ応募する事四度、かすりもせぬ落選が続きました。その度に心が折れそうになる自分を『ここで諦めて後悔だけはしたくない』という一心で奮い立たせました」

と、心情を吐露しているではないか。何度も自分を叱咤激励して、目標に向かっていく。このような作者自身の真っすぐな精神が、登場人物に投影されているのだ。それは

二〇二一年九月に双葉社から書き下ろしで刊行した、初の長篇『氷の鎖』も同様である。余命幾ばくもない主人公が、過去に母親を殺した男を偶然街で見かけ、殺人計画にのめり込んでいく。極限状態で心を揺らしながら、それでも完全犯罪を遂行しようとする主人公が、もの凄い迫力で迫ってきたのだ。ああ、久和間拓は、デビュー作から一貫した姿勢を示している。だから、自分の世界をどこまで掘り下げていくのか、これからの活躍が、ますます楽しみなのである。

・本書は二〇一八年一二月に単行本として刊行されたものです。

双葉文庫

く-31-01

エースの遺言《ゆいごん》

2022年1月16日　第1刷発行

【著者】
久和間拓《くわまたく》

【発行者】
箕浦克史
【発行所】
株式会社双葉社
〒162-8540 東京都新宿区東五軒町3番28号
［電話］03-5261-4818（営業部）　03-5261-4831（編集部）
www.futabasha.co.jp（双葉社の書籍・コミックが買えます）
【印刷所】
大日本印刷株式会社
【製本所】
大日本印刷株式会社
【カバー印刷】
株式会社久栄社
【DTP】
株式会社ビーワークス

【フォーマット・デザイン】
日下潤一

ISBN978-4-575-52532-8 C0193
Printed in Japan